알
제
리
의
유
령
들

알제리의
유령들

황여정 장편소설

문학동네

차례

1부

율의 이야기

1

아마 늦은 여름이었을 것이다.

어쩌면 늦은 봄이었을 수도 있다. 적어도 늦은 가을이나 늦은 겨울은 아니었다.

아니, 모르겠다. 분명한 건 두 가지뿐이다. 느슨한 열기, 그리고 한 계절이 끝나가는 느낌. 열기는 계절의 온도가 아니라 방의 온도 때문이었을 수도 있고 끝나가는 건 계절이 아니라 시절이었을 수도 있다.

어쨌든 그날 우리는 천장과 한쪽 벽을 맹렬히 덮어가던 곰팡이가 한순간 사라진 일에 대해 대화를 나누었다. 정확히는 곰팡이가 사라진 것을 아쉬워하는 대화였고 더 정확히는 곰팡이가 한창 영

토를 넓혀가던 때 나누었던 대화를 그리워하는 대화였다.

그해 여름이었는지, 한 해 전의 여름이었는지, 어쨌거나 곰팡이가 피었던 그 여름은 유난히 장마가 길었다. 연일 퍼부어대는 장대비에 아버지가 정성 들여 가꾼 화단이 힘없이 뭉개지고 질긴 잡풀들은 쑥쑥 자라 마당 곳곳을 무성하게 뒤덮었다. 벽과 천장 구석구석엔 축축한 습기가 올라와 며칠이 지나도 마를 줄 모르더니 언제부턴가 곰팡이가 피기 시작했다. 집에서 곰팡이를 본 건 처음이었다. 나는 무섭다고 말했고 징은 다만 곰팡이일 뿐이라고 말했다. 그게 곰팡이이든 뭐든 상관없었다. 흑회색의 얼룩이 점점 번져가는 모습은 뭔가가 썩어가고 있다는 징후 같았고 뭔가가 썩어간다는 건 무서운 것들을 연상시켰다. 예컨대 벌레나 시체 같은 것. 그렇다고 하자 징은 한참 동안 말이 없었다. 징은 가끔씩 그랬다. 입을 다문 채 시선을 아무데나 던져두고 생각에 잠겼다. 미간은 살짝 찌푸려져 있었다. 무슨 생각을 하는지는 알 수 없었지만 그럴 때의 징은 근사해 보였다. 침묵을 깨는 순간에는 언제나 미소를 지었다. 그때 시선은 언제나 나를 향해 있었다. 징은 여지없이 미소를 머금고 나를 바라보며 말했다.

"실은 말이지, 곰팡이는 다만 곰팡이가 아니야."

"그럼 뭔데?"

"지구야."

"지구라니."

"잘 봐."

징은 천장의 한쪽 구석을 덮은 곰팡이의 일부를 손가락으로 가리켰다.

"뭔가와 똑같이 생기지 않았어?"

나는 주의깊게 그것을 바라보았다.

"모르겠는데?"

"아이슬란드."

"응?"

"아이슬란드랑 똑같이 생겼잖아."

"그게 대체 무슨 소리야."

"세계지도에서 말야."

기억이 나지 않았다. 고개를 갸웃하자 징이 말했다.

"지리부도 가지고 와봐."

"없어."

"학교에 두고 왔어?"

"아니."

"그럼?"

나는 잠깐 머뭇하다 말했다.

"불태웠잖아. 우리집엔 이제 책이라곤 한 권도 남아 있지 않아. 알면서."

"교과서까지?"

"교과서도 책이니까."

징은 입을 다물었다. 시선을 아무데나 던져두고 생각에 잠겼다. 그러고는 빙긋 웃으며 종이와 연필을 가져다달라고 했다.

징은 단번에 세계지도를 그렸다. 우리집에는 지리부도가 없었고 나는 지리에 소질이 없었으므로 징이 그린 세계지도가 얼마나 정확한지는 알 수 없었지만 적어도 그것은 내가 기억하고 있는 세계지도 그대로처럼 느껴졌다. 미세한 굴곡이 살아 있는 대륙의 외곽선이나 내륙의 어지러운 국경선들, 그리고 마흔 개가 넘는 나라 이름들이 신뢰도를 높여주었다. 무엇보다 거침없는 손놀림과 확신에 찬 눈빛이 '이것은 진짜 그것'이라고 말하고 있었다. 실제로는 징의 지도가 진짜 그것과는 전혀 다른 것이었다 해도 나는 징의 지도를 믿었을 터였다. 징의 지도는 징의 것이었고 징의 것이라면 무조건 옳았다. 무조건 옳다고 해서 뭐든 잘할 거라고 생각한 건 아니었기에 나는 무척 놀랐다.

"뭐야, 천재야?"

"네가 바보인 것일 수도 있어."

징은 지도의 한 곳을 검지손가락으로 짚었다.

"이게 아이슬란드야. 잘 비교해봐."

나는 징의 아이슬란드와 곰팡이의 아이슬란드를 번갈아 보았다. 완전히 똑같다고는 할 수 없었지만 거의 비슷했다.

"다른 것도 잘 봐봐."

나는 징의 안내를 따라 곰팡이 속에 숨겨져 있는 여러 나라를 발견했다. 곰팡이는 나날이 번져갔고 그럴수록 더 많은 나라들을 발견했다. 발음하기도 어려운 복잡한 이름의 나라들도 있었다. 어쩌다 그런 이름을 갖게 되었을까 이야기하다 나라의 이름이라는 건 누가 언제 짓게 되는 걸까, 나라에 이름이 필요할까, 이름이 없는 나라도 있을까, 이름이 없는 나라는 뭐라고 불러야 할까, 뭐라고도 부를 수 없다면 그걸 나라라고 할 수 있을까 따위를 이야기하게 되었다. 이야기가 이어질수록 나는 점점 곰팡이가 안 무서워졌다.

장마가 끝나자마자 아버지는 집의 모든 벽지를 뜯어낸 뒤 페인트칠을 했다. 곰팡이 때문이 아니었다. 아니, 어떻게 보면 곰팡이 때문이기도 했다. 곰팡이가 아니었다면 아버지는 벽지 같은 건 신경쓰지도 않았을 테고 그랬다면 벽지가 종이라는 사실도 의식하지 못했을 터였다.

아버지는 종이를 무서워했다. 처음에는 책을 무서워했고 그다음엔 글자가 있는 종이도 무서워하더니 결국엔 그저 종이일 뿐인 종이까지 무서워했다.

장마가 시작되기 전, 바로 전이었는지 훨씬 전이었는지 모를 어느 날 아버지는 갑자기 집을 떠났다가 다시 어느 날 갑자기 돌아온 적이 있었다. 며칠이 걸렸는지는 기억나지 않는다. 기다리고 기다리고 기다린 뒤에도 또 한참이 지났을 만큼 꽤 길었던 것 같지만 그것이 시간의 양감인지 마음의 질감인지 명확하지 않다. 그게 그건가? 아무튼 그런 일은 처음이었다. 돌아온 아버지는 파리한 몰골로 몸을 잔뜩 움츠린 채 방에 누워만 있더니 어느 날 서가의 책들을 모두 꺼내 마당에 쌓아놓고 석유를 뿌린 뒤 불을 붙였다. 내 동화책과 교과서, 참고서와 문제집도 불에 던져졌다. 사납게 타오르는 불길을 보며 아버지는 온몸을 덜덜 떨었다. 나는 울음을 터뜨렸다. 아빠, 왜 그래. 같은 말을 몇 번 반복하고 나서야 아버지가 나를 돌아보았다. 나는 책이 무섭다. 나는 아빠가 더 무서워. 그렇게 말하고 싶었지만 울음에 묻혀 소리가 되어 나오지 않았다.

벽지를 마지막으로 우리집에선 종이가 모두 사라졌다. 징의 편지들을 넣어둔 상자마저 없어진 걸 안 것은 벽지가 태워지고 페인트칠이 끝난 뒤였다. 상자는 징이 푸른색 하드보드지로 만들어준 것이었고 무엇보다 그 안에는 징의 지도가 있었다. 나는 상자를 부엌 찬장 위 구석에 숨겨놓았었다. 아버지가 언제 어떻게 상자를 찾아냈는지는 알 수 없었다.

왜 그랬느냐고 따지는 대신 우는 쪽을 택했다. 아버지는 내 머리를 가만히 쓰다듬었다. 걱정 마, 엄마도 곧 돌아오실 거야. 딴소리를 하는 아버지 때문에 나는 더 크게 울었다. 동물원에 놀러갈래? 너, 동물원 좋아하잖아. 창경원에 있던 동물들이 대공원으로 이사를 갔대. 창경원보다 훨씬 크고 좋은 곳이라 동물들도 아주

14

많아졌대. 나는 계속 울었다.

징은 세계지도라면 얼마든지 다시 그려줄 수 있다고 했다. 듣고 보니 편지 쪽이 더 아까운 것 같았다. 징은 지금까지 쓴 것보다 훨씬 더 많은 편지를 써주겠다고 했다.

"그럼 곰팡이는?"

"곰팡이라니."

"아빠가 곰팡이 제거제를 뿌렸어. 그리고 저건 그냥 페인트가 아니야. 곰팡이 방지용 페인트라고. 네가 아무리 천재라도 곰팡이를 되살릴 수는 없어."

그로부터 얼마쯤 지난 늦은 여름, 어쩌면 다음해 늦은 봄, 의외로 늦은 가을이나 늦은 겨울이었을지도 모르는 그날, 우리는 곰팡이가 피기 시작해서 지도가 태워지기까지의 과정을 순서대로 차근차근 복기했다. 그러고는 문득 대화를 멈추었다. 우리는 머릿속에만 남아 있을 뿐인 한창때를 그리워하는 노인들처럼 아득한 시선으로 베이지색 벽을 하염없이 바라보았다. 아무 일도 없었다는 듯 벽은 마냥 산뜻했다. 어쩐지 소름이 돋았다. 그렇다고 하자 징은 고개를 끄덕였다.

"그런 일은 얼마든지 가능해."

벽이 그렇다는 건지 소름이 그렇다는 건지, 그게 좋은 일이라는 건지 나쁜 일이라는 건지 알 수 없었지만 나는 고개를 끄덕였다.

징을 배웅하러 현관까지 나갔다가 화장실에 들렀다. 문을 열고 나오려는 참이었는데 아버지의 목소리가 들렸다.

"나는 네 엄마랑 잤다."

문손잡이를 잡은 채로 나는 얼어붙었다.

아버지는 귀가 둔한 사람에게 말하듯 단어를 끊어 또박또박 다시 말했다.

"나는, 네 엄마랑, 잤다."

징은 신발을 신은 채 현관에 서서 아버지를 올려다보고 있었고 아버지는 등을 보인 채 거실에 서서 징을 내려다보고 있었다. 화장실과 현관은 약간 비스듬히 마주한 터라 나는 징의 얼굴을 볼 수 있었지만 그때 징이 어떤 표정을 짓고 있었는지는 기억나지 않는다.

징의 시선이 나에게로 향했다. 그제야 아버지도 나를 의식한 듯 고개를 오른편으로 살짝 돌렸다가 잠깐 멈추고는 다시 왼쪽으로 움직였고 그대로 몸을 틀어 방으로 들어갔다.

징과 내가 얼마나 그렇게 서 있었는지 역시 기억나지 않는다.

징은 문득 팔을 들어 얼른 오라는 손짓을 해 보였다. 나는 화장실 문을 마저 열고 나와 징에게 다가가 신발을 신었다. 현관을 나오면서 징이 내 손을 잡았다.

대문 앞에서 징은 나에게 입을 맞추었다. 처음이었지만 나는 당황하지 않았다. 징의 입술은 차갑고 까슬까슬했다. 내가 징보다 한 계단 위에 서 있었는데도 징은 얼굴을 숙여야 했고, 입술을 떼고 난 뒤 문득 징의 키가 가늠되어 나는 좀 놀랐다. 한때는 내가 징보다 컸던 시절도 있었다.

"언제 이렇게 자랐어?"

징은 씩 웃어 보이고는 자신의 왼손바닥 위에 내 오른손을 얹어놓은 채 한참 동안 내 손등을 내려다보았다.

"괜찮을 거야."

징이 말했다.

"뭐가."

"뭐든. 누구든."

골목 끝에서 징은 어느 때보다 환하게 웃으며 손을 흔들어 보인 뒤 사라졌다. 나는 평소보다 더 오랫동안 대문 앞에 서 있었다. 그러다 어느 순간 돌연히 골목을 내달려 모퉁이를 돌았다. 징은 보이지 않았다.

*

징을 다시 만난 건 두 해가 지나서였다.

어머니의 장례 첫날이었다. 장례는 집에서 지냈다. 아버지의 뜻이었다. 아버지의 극단 동료들이 모든 것을 준비하고 진행해주었다.

징과 징의 어머니가 영정에 절을 한 뒤 우리는 마주섰다. 맞절을 하고 징의 어머니가 아버지의 손을 잡았다. 아버지는 징의 어머니의 어깨에 머리를 떨어뜨리곤 불쑥 흐느꼈다. 징의 어머니가 한 손으로 아버지의 등을 쓸어내렸다.

징과 나는 말없이 마주보고 있었다. 나도 키가 꽤 자랐지만 징 역시 더 큰 것 같았다.

아버지는 누그러졌고 징과 징의 어머니는 돌아갔다.

삼 년 뒤 다시 징을 만났다. 징의 아버지의 장례식장에서였다. 징이 혼자 아버지와 나를 맞았다. 맞절을 한 뒤 아버지가 물었다.

"엄마는?"

"잠깐 쓰러지셔서…… 링거 맞고 계세요."

굵고 낮은 음성이었다. 낯설었지만 징에게 어울렸다.

아버지는 징의 한쪽 팔을 가볍게 잡았다 놓았다.

아버지가 소주 한 병을 비우는 동안 징은 내 앞을 세 번 지나갔다. 한 번은 징이 나를 보았다. 징은 아주 잠깐 걸음을 멈추고 미소를 지어 보였다. 나도 그러고 싶었지만 잘 되지 않았다.

징의 어머니는 결국 만나지 못하고 아버지와 나는 장례식장을 나왔다.

징과 나는 스무 살이었고, 그게 마지막이었다.

징과 우연히 마주치는 장면을 상상했다. 지하철에서 버스에서 서점에서 카페에서 길에서, 무심코 발길이나 고개를 돌리면 그곳에 징이 있었다. 무슨 대화를 나누게 될지, 무엇을 하게 될지, 어디로 가게 될지, 그다음은 잘 그려지지가 않아서 언제나 마주치는 것으로 멈추는 장면, 장면들.

그리고,

끝까지 마주치지 않는 시간을 상상했다. 갈 수 있는 만큼 멀리, 징은 달아나고 있었다. 설사 되돌아오고 싶어진다 해도 돌아오는 동안 생이 끝나버릴 만큼 아주 멀리 가버려서 다시는 어디에서도 서로의 흔적조차 찾을 수 없는 시간, 시간들.

그리고,

아무것도 상상하지 않는 날들이 이어졌다.

2

대학은 가지 않았다. 갈 수 없었다. 교과서든 문제집이든 책이라고 할 수 있는 건, 아니, 글이라면 뭐든 삼 분 이상 읽으면 머리가 아팠다. 언제부터 그렇게 되었는지는 알 수 없었다. 그 시절,

아버지가 책을 모두 불태운 뒤 집에는 읽을거리가 없었고 학교에서는 종일 어딘가를 혹은 뭔가를 멍하니 바라보기만 했을 뿐이었다. 증상을 알아차린 건 고등학교 이학년 담임 때문이었다. 월말고사의 오지선다 답안지를 세 달 연속 같은 번호만 택해 제출하자 선생은 아버지를 모시고 오라고 했다.

"이렇게라면 대학에 갈 수 없습니다."

"아이가 알아서 할 겁니다."

그런 대화를 나누었다고 아버지는 말했다. 선생의 기억은 달랐다.

"아이한테 좀더 관심을 쓰셔야겠습니다."

"관심 없습니다."

선생은 친아버지가 맞냐고 물었다. 그렇다고 하자 더없이 안쓰러운 눈길로 나를 바라보았다.

선생은 나를 비롯해 다섯 명의 아이들을 데리고 매주 토요일 오후에 보충수업을 해주었다. 나는 여전히 책상이나 칠판, 교과서나 문제집, 선생의 얼굴이나 분필을 쥔 손가락, 혹은 그 어떤 것도 아닌 허공 어딘가를 멀거니 바라보았다. 선생은 이러저러한 방법으로 집중을 유도하다 포기하고는 그저 교과서를 소리 내어 읽게 했다. 나는 두 장도 채 읽지 못하고 머리를 감싸쥐었다. 웅웅 하는 이명과 함께 두개골이 빠개질 것처럼 쑤셨다. 선생은 다시 아버지를 모시고 오라고 했다. 아버지는 여행중이었다.

"어디를 말이냐."

"사흘 전에는 강원도에 계셨고 지금은 모르겠어요."

선생은 참담한 표정을 지으며,

"세상이 왜 이 모양이냐."

혼잣말을 한 뒤 침묵하곤 문득 선언하듯 말했다.

"네 인생은 네 것이다! 마음만 먹으면 얼마든지 네가 원하는 삶을 살 수 있다!"

아무것도 읽지 않는 것, 그것이 내가 원하는 것이었다.

"알겠냐?"

선생의 말대로 원하는 것을 이루기 위해 학교를 그만두기로 마음먹었다는 의미로,

"네."

고개를 끄덕이기까지 했다. 그런데,

"대학에 갈 테냐?"

나는 당황했다.

"이대로 포기할 테냐?"

뭘 어떻게 하라는 건지 모르겠어서 그대로 입을 다물었다.

"중요한 건 의지다. 네 의지!"

"……"

"마음이 서면 언제든 이야기해라. 선생님은 기다리고 있겠다."

그런 대화를 나누었다고, 여행에서 돌아온 아버지에게 말했다.

"선생님 좀 이상해."

아버지는 천천히 고개를 끄덕였다.

"그래, 어딘가 좀 앞뒤가 안 맞긴 하네. 하지만……"

"하지만 뭐."

"좋은 말씀 하셨네."

"어떤 말?"

"기다린다는 거."

나는 멀뚱거리다 말했다.

"뭐야. 아빠도 실은 내가 대학에 가기를 바라는 거야?"

아버지도 멀뚱거리다 말했다.

"기다린다는 말이 좋다고. 기다린다는 거, 뭔가를 기다린다는 거 말이야."

마음속에서 뭔가가 툭 떨어져내렸다. 무겁지는 않았다. 어딘가에 가만히 내려앉는 느낌이었다.

징이 떠올랐다. 징의 모든 것들.

어쩌면 징과 나는 헤어져 있는 것이 아니라 다만 기다리고 있는 것인지도 몰랐다.

뭘.

뭐든. 누구든.

징의 아버지가 죽은 해 가을 이사를 했다. 이사는 아버지의 극
단 동료들이 도와주었다. 트럭에 짐을 모두 실은 뒤 아버지는 마
지막으로 집안 곳곳을 찬찬히 둘러보았다. 어쩐지 나도 그래야
할 것 같아 뒤를 따랐다. 할아버지가 아버지에게 물려준 집이었
다. 아버지는 그 집에서 태어나 성장했다. 나 역시 그 집에서 태어
나 성장했고 어머니는 그 집으로 시집와서 그 집에서 죽었다. 그
걸 연결, 이라고 볼 수도 있을까? 그럴 수도 있었다. 하지만 그들
이 각자 그 집에서 어떤 시간들을 보냈는지 나는 끝내 모를 것이
었다. 그들 역시 내가 지나온 시간들의 전모를 알 리 없었다. 우리
모두의 모든 순간을 지켜본 건 집뿐이었다. 나는 일말의 뭔가라도
발견해내려는 듯 아버지보다 더욱 천천히 구석구석을 노려보았
다. 집은 텅 빈 채로 아무 말이 없었다. 하긴, 집은 집일 뿐.

새집은 구조가 특이했다. 언덕길 가장자리에 세워진 이층짜리
건물 지층에 세를 들었는데, 언덕 아래에서 보면 우리집은 일층
높이였고 건물은 삼층짜리로 보였다. 말하자면 집의 절반은 땅속
에 묻혀 있고 절반은 땅 위에 있는 셈이었다. 집의 내부는 가로로
기다란 사다리꼴 형태였다. 땅 밖에 나와 있는 공간에는 베란다의
역할을 하는 복도와 부엌과 화장실이, 땅 안에 들어가 있는 공간
에는 작은방 두 개와 큰방 하나와 거실이 있었다. 나는 큰방, 아버

지는 작은방을 썼다. 또다른 작은방은 냉장고와 청소기를 비롯한 잡동사니로 채워졌고 거실에는 앉은뱅이 소파와 좌식 식탁과 텔레비전이 놓였다. 큰방은 거실보다 커서 옷장과 침대와 화장대를 놓아도 공간이 남아돌아 휑뎅그렁했고, 그래서 작은방을 쓰겠다고 했는데 아버지가 만류했다. 큰방은 복도 쪽으로 창이 나 있어 일부나마 볕이 들지만 작은방은 창이 없어 언제나 어두컴컴하다는 게 이유였다. 볕은 밖에서 쬐면 된다고 고집을 피웠으나 아버지는 허락하지 않았다.

"깨어 있을 땐 지하 백층도 상관없지만 잘 때만큼은 볕기가 배어 있는 곳에서 자야 돼."

"그럼 아빠는."

"아빠는 오십 년 넘게 그런 곳에서 잤어."

"그래서."

"이미 볕기가 몸에 배어 있다는 거야."

"이십 년도 긴 세월이야."

"긴 세월이지."

"그런데."

"그래도 이십 년으로는 어림없는 일이야."

"어째서."

"볕이란 그런 거야."

"무슨 말이야 그게."

"모르겠으면 까불지 말고 아빠 말 들어."

영 휘휘하기만 할 것 같더니 의외로 한 달 만에 적응이 되었다. 매일 꼬박꼬박 평균 여덟 시간씩 한 번도 안 깨고 잠을 잤다.

이사 오기 전에는 언제나 자다가 두어 번씩 잠에서 깼다. 아무런 이유 없이 그러기도 했고 악몽을 꾸느라 그러기도 했다. 악몽은 다양했다. 집 전체가 불에 활활 타고 있거나 어머니가 물구나무를 선 채로 나를 빤히 보고 있거나 제복을 입은 사람들이 발을 맞추어 점점 빠른 박자로 나를 쫓아오거나 세상이 온통 빙하로 뒤덮여 있거나. 악몽을 꿀까봐 잠이 오지 않기도 했다. 그럴 때면 일어나 앉아 징을 불렀다. 징. 징. 징. 징은 대답하지 않았지만 징을 부르는 것만으로도 안심이 되었다.

자는 시간이 점점 늘어났다. 어느 날 하루 하고도 반나절을 내리 자고 일어났더니 아버지가 방 한가운데에 밥상을 차려놓고 앉아 있었다. 흠칫하고는 침대에서 주춤주춤 내려와 아버지 맞은편에 앉았다. 아버지가 숟가락을 손에 쥐여주었다.

"배 안 고픈데."

"맛만 봐."

숟가락을 쥔 손이 밥상에 툭 떨어졌다. 아버지는 숟가락을 뺏어 밥을 퍼서는 입 앞에 가져다 댔다. 조금 버티다가 결국 입을 벌렸다. 천천히 밥알을 씹자 침이 돌면서 허기가 일었다. 그제야 반찬들이 보였다. 소고기뭇국에 굴비, 달걀찜, 숙주나물, 시금치나물,

명란젓, 깍두기. 모두 내가 좋아하는 것들이었다. 허겁지겁 한 공기를 비웠다. 다시 졸렸다.

"뭘 좀 해볼래?"

"뭘."

"뭐든."

슬그머니 침대에 올랐다. 아버지가 무슨 말인가를 더 했는데 까무룩 의식이 끊겼다.

눈을 떴을 때 아버지는 여전히 그 자리에 앉아 있었다. 꾸물거리다 다시 맞은편에 가 앉았다.

"내가 뭘 해야 하는데."

"네가 하고 싶은 거."

"내가 하고 싶은 거 뭐."

"뭐든."

"뭐든?"

"뭐든."

뭐라도 말하지 않으면 아버지는 꼼짝도 하지 않을 태세였다. 나는 또 잠을 설칠 것이었다. 일단 뭐든 떠올려보기로 마음을 먹자 뭐가 떠오르긴 했다. 아버지는 재봉틀 앞에 앉아 있었고 어머니는 바느질을 하고 있었다. 아버지는 극단 배우들의 의상을 만들고 있었고 어머니는 퀼트를 하거나 집에 있는 옷과 가방을 수선하고 있었다. 어릴 때부터 보아왔던 익숙한 장면이었다.

"수선."

"수선이라니."

"옷 수선 말야."

"옷을 수선하고 싶다고?"

"응."

"그거 의외로 쉽지 않아."

"해보고 싶은 거 뭐든 말하라면서."

"진짜 해보겠다고?"

"응."

아버지는 그제야 방에서 나갔고 나는 다시 이불 속으로 기어들었다.

잠에서 깼을 때 아버지는 다짜고짜 나를 거실로 데리고 나와 종로의 무슨 시장에선가 구해왔다며 책상형 재봉틀을 보여주었다. 중고지만 제법 비싼 거라고 아버지는 자랑하듯 말했다. 나는 어리둥절히 그것을 바라보았다.

"옷 수선하고 싶다며."

"아."

"앉아봐."

난감해하며 앉았는데 의외로 몸도 마음도 편안했다. 가만히 앉아 있다가 책상과 재봉틀을 천천히 어루만졌다. 건조하면서도 매끈한 감촉이 친밀한 느낌으로 손에 착 감겼다.

"그래. 일을 시작하기 전에는 언제나 그렇게 작업대를 닦아야돼. 기왕이면 손바닥보다는 마른 수건 같은 걸로."

그렇게 수업이 시작되었다.

재봉질은 금세 배웠다. 옷의 특성을 이해하기 위한 일종의 입문 단계로 한동안 원피스와 바지, 셔츠, 재킷 등을 사이즈별로 만들기를 반복했는데 생각보다 어렵지 않았다. 물론 세부적인 디자인의 영역까지 넘본 건 아니었고 기본적인 재단과 재봉을 익혔을 뿐이다. 어쨌거나 아무것도 아닌 것이 내 손을 거쳐 뭔가가 되어가는 과정은 매번 놀랍고 신기했다.

문제는 수선이었다. 그것은 아버지의 엄포보다 몇 배는 더 난해했다.

아버지는 시장에서 값싼 옷들을 사가지고 와서는 매번 다른 인물 그림과 함께 하나씩 건네며 수선을 맡겼다. 그림에는 그 사람의 키와 몸무게, 나이가 적혀 있었다.

"내가 참 아끼는 원피스인데, 어깨나 허리 라인이 너무 옛날 옷같아서. 감도 좋고 색깔이나 무늬는 예쁘니까 조금만 손을 보면요즘 옷에 안 뒤질 것 같거든."

그런 식으로 주문을 하면 나는 그림 속 인물들이 원하는 옷을만들어야 했다. 내가 보기엔 색깔이나 무늬부터 이미 글러먹은 듯했고 옷의 라인을 살리기엔 고객의 몸매가 문제였으나 그런 식의반박은 금지였다. 다만 고객이 원하는 모양에 대해 좀더 자세히 물을 수 있을 뿐이었다. 날이 갈수록 주문은 어려워졌고 그럴수록 더 많이 물어야 했다. 아버지는 어떤 때는 더더욱 말도 안 되는 요구를 쏟아냈고 어떤 때는 처음의 요구를 반복하기만 했고 어떤 때는 다음에 다시 오겠다고 했다. 배운 대로 했는데도 통하지 않자 울화가 치밀었다.

"어쩌라고!"

"어쩌라고 하면 네가 어쩔 수 있을 것 같아?"

"그럼 어쩌라고!"

"손님한테 그렇게 말할 거야?"

"그러니까 어쩌라고!"

"그걸 내가 어떻게 아나?"

"손님이 모르면 누가 알아!"

"나는 손님이 아니라 네 아빠거든?"

나는 재봉틀에 걸려 있는 옷을 잡아뜯어 내던지며 의자에서 벌떡 일어났다. 방으로 들어가면서 문을 꽝 닫았다. 그러고도 화가 가라앉지 않아 계속 씩씩댔다. 나빠. 정말 나쁜 사람이야.

얼마나 그러고 있었는지 모르겠다. 해가 질 무렵 아버지가 방문을 톡, 톡, 두드렸다. 나는 침대에 누운 채로 대답하지 않았다.

"율아."

나는 몸을 반대쪽으로 홱 틀었다.

"율아."

나는 벌떡 일어나 소리쳤다.

"왜! 왜, 뭐! 어쩌라고!"

아버지는 조심스레 방문을 열고는 나직하게 말했다.

"밥 먹으라고."

나는 좀더 씩씩대다가 숨을 가라앉혔고 잠시 후 거실로 나가 밥을 먹었다.

그뒤에도 비슷한 다툼이 종종 있었는데 횟수가 늘어날수록 화의 강도는 줄어들었다. 나중에는 거의 동요하지 않게 되었다. 어떤 때는 질문을 멈췄고 어떤 때는 질문의 방향을 바꾸었다. 분명한 답을 듣지 못하면 못한 채로 옷을 수선했다. 대화가 막혀 고객이 마음을 돌리면 어쩔 수 없다는 심정이 들었다. 그쯤 되자 아버지는 마치 중대한 비밀을 털어놓듯 목소리를 잔뜩 깔고는 무엇보다 애초의 요구에 집중하는 것이 중요하다고 말했다. 거기에 이미 모든 것이 다 들어 있으며 그렇다는 걸 믿는 것이 핵심이라는 것이었다.

"믿으라니."

"그 옷에 대해 그 사람이 가장 많이 알고 있다는 것, 옷을 어떻게 고쳐야 할지 가장 많이 고민한 사람은 네가 아니라 그 사람이라는 것, 때문에 그 사람의 바람은 처음의 주문 내용에 다 표현될 수밖에 없다는 것. 일단 그걸 믿어야 돼. 그래야 그 사람의 요구에는 애초에 모순도 모호함도 없다는 걸 이해할 수 있어. 누군가의 마음에 다가간다는 건 그런 거고 그렇게 다가가야 그 옷이 어떤 옷이 되어야 하는지를 알 수 있어. 질문은 네가 가닿은 그 사람의 마음을 재확인하기 위해서만 필요한 거야."

무슨 말인지 도무지 이해할 수 없었지만 어딘지 숙연해져서 입이 떨어지지 않았다.

훗날 이따금 그 말이 떠오를 때마다 고개를 저었다. 몇 가지 사항만 확인하는 것으로도 고객이 만족할 만한 수선은 얼마든지 가능했고 누군가의 마음에 가닿는 건 뭔가를 아무리 믿어도 불가능했다. 얼핏 그럴듯해 보이지만 실제의 일들과는 아무런 상관이 없는 말이라고, 나는 결론을 내렸다. 알면서도 속였던 건지, 실제로 몰랐던 건지 묻고 싶었지만 아버지는 이미 죽은 뒤라 확인할 길이 없었다.

*

아버지의 사인은 급체였다. 제주도 대평리의 민박집에서였다. 정오가 한참 지나서도 방을 비우지 않아 주인이 문을 두드렸고 묵묵부답이라 들어가보니 먹다 만 왕만두를 손에 쥔 채 쓰러져 있었다고 했다.

왕만두라니.

만두는 아버지가 꺼리는 음식들 중 하나였다. 기본적으로 밀가

루를 싫어했고 무엇보다 재료들이 뭉개지는 요리를 안 좋아했다. 예를 들어 감자샐러드나 해물전 같은 것들. 끈적한데다 씹는 맛을 느낄 수 없다고 했다. 만두를 좋아한 건 어머니였다. 정확히는 만두 빚는 것을 좋아했다. 만두를 빚고 있으면 마음이 화락하고 지극해진다고 했다.

11월이었고 아버지는 두 달째 여행중이었다.

어머니가 죽은 뒤 아버지는 여행을 자주 다녔다. 최소 사흘에서 최대 두 달까지 집을 비우곤 했다. 언제 떠나 언제 돌아오는지는 언제나 알 수 없었다. 동네 한 바퀴 산책을 나섰다가, 저녁 약속에 나갔다가, 장을 보러 갔다가 문득 여행으로 이어지곤 했다. 그렇게 되었다고 첫날 전화를 건 뒤 사흘째 되는 날 돌아오거나 다시 전화를 걸었고, 그다음은 닷새 뒤에, 그다음은 일주일 뒤에, 그다음은 보름 뒤에, 그다음은 한 달 뒤에 그랬다. 수선 수업이 시작된 뒤로는 대개 사흘을 넘지 않았고 길어봤자 일주일이었지만 수업이 끝나자 여행은 다시 길어졌다. 통화는 짧았다. 나는 어디냐고 묻고 아버지는 어디라고 대답했다.

아버지가 죽기 한 달 전, 아버지는 완도에 있다고 했다.

"완도는 섬이야?"

"응."

"배 타고 갔어?"

"아니."

"그럼?"

"버스 타고."

"섬이라면서."

"도로가 놔져 있어."

"그래?"

"그것도 모른단 말야?"

"그럼 섬이라고 할 수 없는 거 아냐?"

"그런가?"

"그렇지."

"별일 없지?"

"응. 아빠는?"

"나도."

그것이 마지막 통화였다.

일 년 반에 걸쳐 수선 수업을 받고 정식으로 수선집을 개업한 지 반년이 지났을 때였다. 우리가 세 든 건물 일층 한편의 네 평짜리 공간을 싼값에 얻어 낸 가게였다. 원래는 맞은편 건물에 있는 빵집 주인이 조리실로 쓰던 곳이었는데 장사가 안 돼 문을 닫으면서 비워졌고 애매한 평수 때문에 몇 달이 지나도 계약하겠다고 나서는 이가 없어 아버지가 기회를 잡은 것이었다. 개업식 날 아버지는 극단 동료들을 초대해 잔치를 벌였다. 누군가는 돼지머리를 구해왔고, 누군가는 대박을 기원하는 발원문을 써왔으며, 누군가는 간판을 만들어왔다. 간판에는 '율 수선'이라고 적혀 있었다. 율은 나의 태명이었다. 내가 은조가 된 뒤에도 그들은 나를 율이라 불렀다. 나는 그들을 삼촌이나 이모라고 불렀다. 뭘 수선하는지 적었어야 되지 않느냐며 누군가 지적했고, 잘못 읽으면 수산물 가게인 줄 알겠다고 누군가 타박했다. 몇 년 만에 집이 시끌벅적했고 나는 여러 번 소리 내어 웃었다.

밤이 깊어진 뒤 절반은 돌아가고 남은 이들 중 또 절반은 술에 취해 널브러졌을 때쯤 누군가 말했다.

"이제 돌아오셔야죠."

오수 삼촌이었다. 나는 거실 소파의 팔걸이에 머리를 대고 가물가물 졸고 있었다.

"연출이 싫으시면 드라마투르그라도 맡아주세요."

한참 뒤에 아버지가 대답했다.

"돌아가야지."

아버지가 죽은 지 삼 년째 되던 해 기일에 제주도에 갔다. 일부러 날짜를 맞춘 건 아니었다. 평소보다 일찍 잠에서 깼는데 눈이 내리고 있었다. 이른 첫눈이었다. 하늘은 맑았고 바람도 잠잠해 포슬포슬한 눈이 얌전히 쌓였다. 창을 열고 손을 뻗어 손바닥에 눈을 받아 들여다보니 의외로 부서진 유리 조각들처럼 날이 서 있었다. 날은 금방 뭉그러졌다. 물기도 이내 공기중으로 사라졌다.

아니, 돌아간 것일까?

나는 다시 창밖을 보았다. 눈 내리는 풍경이 처음 본 듯 생경했다. 어쩌면 정말 처음인지도 몰랐다. 눈이 내릴 때 눈이 어떻게 내리는지 그저 그 모습을 지켜본 건 말이다.

가게에 나가려고 집을 나섰는데 골목을 따라 누군가의 발자국이 찍혀 있었다. 아주 커다란 발자국이었으나 한 발 한 발 조심스럽게 내디딘 듯 깔끔하고 반듯했다. 어쩐지 헤뜨리고 싶지 않아서 발자국 옆으로 보폭을 맞추어 가만가만 걸으며 골목을 나왔다. 발자국은 가게를 지나 큰길로 향했고 나는 무심코 따라가다 그냥 계속 걷게 되었다. 걷다보니 문득 그곳에 다녀와야겠다는 생각이 들었다.

제주도는 처음이었다. 하염없이 먼 곳인 줄 알았는데 막상 가보니 마음만 먹으면 하루에 두 번도 왕복할 수 있겠다는 생각이 들었다.

아버지가 묵었다는 민박집에서 일주일을 보냈다. 먹고 자고 걷고 앉아 있는 것 말고는 할 게 없었다. 만두가 먹고 싶었으나 만두 파는 가게는 보이지 않았다. 주인에게 묻자 버스 타고 세 정거장 가면 중국집이 있다고 했다.

"왕만두도 있을까요?"

"군만두는 있지."

마지막날 바닷가에서 그녀를 만났다. 나는 멀리서도 그녀를 한 눈에 알아보았다. 그녀는 가까이 와서도 나를 알아보지 못했다.

3

처음이자 마지막으로 제주도에 다녀온 뒤로는 십 년 동안 하루도 가게를 비우지 않았다. 문을 열고 닫는 시간은 때에 따라 달랐고 대여섯 번은 두 시간도 채 있지 못했지만 어쨌거나 하루를 온전히 휴업한 적은 없었다. 특별히 마음먹은 일은 아니었다. 딱히 문을 열지 않을 이유가 없었고 그런 하루들이 이어져 십 년이 되었을 뿐이었다.

오수 삼촌은 그런 나를 답답해했다.

"젊은 애가 왜 그러고 사냐."

"젊지 않아요. 서른다섯인걸요."

"이놈아. 나는 이십 년 전에 서른다섯이었다."

오수 삼촌과 나는 합정역 근처에 있는 곱창집에서 곱창을 먹고 있었다. 삼촌은 두 달에 한 번씩 나를 데리고 그곳에 갔다. 아버지가 죽고 난 뒤로 쭉 그랬다. 아버지와 자주 가던 곳이라고 했다. 삼촌은 매번 곱창 삼인분과 소주 두 병을 시켰다. 소주는 삼촌이다 마셨다. 대개는 둘이 만났고 이따금 연극계 후배라며 남자를한 명씩 동석시키곤 했다. 그것이 일종의 소개팅이었다는 건 나중에야 알았다. 삼촌이 소개해준 남자는 모두 일곱 명이었다. 그들 중 두 명과 연애를 했다. 따로 연락을 해온 사람이 그 두 명이었고 사귀자고 하기에 그러기로 했다. 한 명과는 반년을, 다른 한 명과는 일 년 반을 만났다. 두 번 다 내가 차였다. 한 명은 도무지 속을 모르겠다고 했고, 또 한 명은 시간이 지나도 가까워지지 않는다고 했다. 그런 말을 들었다고 하자 오수 삼촌은 혀를 찼다. 요새 것들은 패기도 끈기도 없어.

곱창을 다 먹고 볶음밥을 주문했다. 나는 사이를 틈타 담배를 피우러 밖으로 나왔다.

재떨이용 항아리 앞에서 한 남자가 다 피운 담배의 불똥을 검지로 탁탁 튕겨내고 있었다. 남자는 꽁초를 항아리에 버리고는 다시 새 담배를 물었다. 나는 담뱃갑에서 담배를 꺼내며 항아리로 다가갔고 남자와 눈이 마주쳤다. 피차 심상하던 눈빛이 문득 확고해졌다.

"어."

"아."

반가움도 놀라움도 아닌 애매한 감탄사를 뱉으며 우리는 잠시 아무 말도 잇지 못했다. 징은 다만 얼떨떨해 보였고 아마 징의 눈에도 내가 그렇게 보였을 터였다.

"담배…… 안 끊었어?"

십오 년 만에 만난 징의 첫마디는 그러했다.

이상한 말이었다.

내가 멀뚱거리는 동안 징의 시선이 잠깐 흐트러졌다가 단정해졌다. 징은 픽 웃었다.

"아. 요샌 다들 담배를 끊는 분위기라고 해서."

"아."

나는 담배에 불을 붙여 한 모금을 깊이 들이마셨다.

"잘 지냈어?"

징이 물었다. 연기를 천천히 내뱉으며 나는 고개를 끄덕였다.

"넌?"

"잘 지냈어."

"……"

"……"

"한국엔 언제 왔어?"

징이 멈칫했다.

"어떻게 알았어?"

"네가 한국을 떠났었다는 거?"

"응."

"어쩌다 알게 됐어."

"어쩌다?"

"그래."

"어쩌다라니."

"말한 그대로야."

징의 표정이 복잡해졌다.

"엄마를 만났어?"

나는 대답하지 않았다.

"내가 한국을 떠났었다는 건 엄마밖에 몰라."

나는 담배를 입에 문 채로 연기를 들이마셨다 뱉었다 들이마셨다 뱉으며 징을 물끄러미 바라보았다. 침묵과 시선이 징에게 뭔가를 알려주었는지 징의 얼굴이 점차 굳어졌다. 몸도 따라 굳는가 싶더니 징은 불쑥 다가와 신음하듯 말했다.

"엄마 지금 어딨어?"

*

오수 삼촌은 징을 보지 못했다. 징은 삼촌 쪽으로 등을 보인 채 서 있었고 딱 한 번 그를 보기 위해 고개를 돌렸는데 삼촌은 마침 테이블에 시선을 박은 채 주걱으로 볶음밥을 열심히 휘젓고 있었다.

"늦으셨네."

삼촌이 고개를 들었을 때 징의 얼굴은 이미 나를 향해 있었다.

"인사 안 해?"

징은 한참 뒤에 대답했다.

"나중에."

자리로 돌아오자 삼촌은 누구냐고 물었다. 망설이다 그냥 아는 사람이라고 했다.

"그냥 아는 놈 같지 않던데?"

삼촌은 실실 웃으며 놀리는 말투로 대답을 유도했다. 분위기가 심상치 않았다. 거의 껴안을 듯 달려들디라. 너석이 간 뒤 왜 그쪽을 한참 바라보았느냐. 아무 반응이 없자 삼촌은 내 표정을 살피다 웃음기를 거두고 앞접시에 볶음밥을 덜어주었다.

삼촌은 늘 그랬듯 집 앞까지 나를 바래다주고 돌아갔다. 집에 들어가기 전 현관 앞 계단에 잠깐 앉아 있었다. 잠깐이라고 생각했는데 시계를 보니 한 시간이 지나 있었다.

열쇠로 문을 열고 들어가자 그녀가 후다닥 달려들었다. 나는 하마터면 뒤로 자빠질 뻔했다. 간신히 진정하고 무슨 일이냐고 물었다. 그녀는 겁에 질린 듯 온몸을 부들부들 떨었다. 그녀를 부축해 거실로 데려와 앉혔다. 그녀는 누그러진 뒤 사정을 들려주었다.

저녁에 밖에 나갔다가 돌아오던 길에 집 앞 골목에서 뭔가가 휘리릭 가로지르는 걸 보았다. 본능적으로 우뚝 멎었고 그것도 그랬다. 가로등 불빛을 비스듬히 받고 있는 그것은 가만 보니 새끼 쥐였다. 너석과 그녀는 그렇게 얼어붙은 채로 얼마간을 버텼다. 너석의 시선이 느껴졌다. 자신보다 수십 배는 큰 거대한 생물체를 향한 두려움의 시선이었다. 그녀는 천천히, 그리고 최대한 조용히 뒷걸음으로 두어 발짝 물러나 자세를 낮추었다. 잠시 후 너석은 잽싸게 가던 길을 질주했다.

그녀는 바로 눈앞에 녀석이 있기라도 한 듯 하얗게 질린 얼굴로 다시금 몸을 부르르 떨었다. 나는 과거로 떨어진 그녀의 시선에 억지로 눈을 맞추며 이모, 이모, 하고 그녀를 두 번 불렀다. 그럴 때는 그렇게 하라고 의사가 말했었다. 두 번이라고요? 의사는 허허 웃으며 꼭 두 번이 아니라 두어 번 정도, 라고 했다가 그냥 몇 번쯤, 이라고 고쳐 말하고는 초점이 돌아올 때까지, 라고 덧붙였다. 그냥 몇 번이 백 번이 되면 어쩌나 걱정했는데 신기하게도 그녀는 언제나 꼭 두 번 만에 나를 보았다. 그러면 곧바로 말을 걸라고 했다. 무슨 말을요? 아무 말이나. 아무 말도 생각이 안 나면요? 의사는 또 허허 웃었다. 나는 대부분 아무 말도 생각나지 않았지만 억지로 쥐어짜면 뭐든 말이 되어 나와지긴 했다.

"그래봤자 쥐가 쥐지."

"쥐가 쥐인가?"

"무서워할 게 아니라고."

"그건 무서운 일이야."

"이모가 수십 배는 세."

"그러니까."

"그러니까라니."

"그게 무섭다고."

"뭐가."

"무서워할 게 아니라는 거."

할말이 떠오르지 않았다. 몇 번이나 말을 걸어야 해요? 의사는 나를 물끄러미 바라보다가 겁나냐고 물었다. 뭐가요? 본인이 뭘 잘못해서 이모가 잘못될까봐. 그럴 수도 있어요? 의사는 다시 허 허 웃었다. 본인이 안심될 때까지 하면 돼요. 이모가 안심할 때까지가 아니고요? 그게 그거예요.

그녀는 문득 몸을 일으켜 징과 율을 불렀다. 징과 율이 야옹야옹하며 그녀에게 와 안겼다. 징이 수컷, 율이 암컷이었다. 언젠가 그녀가 산책을 나갔다가 무슨 사정인지 어른 무릎 높이의 커다란 상자 안에서 바싹 야윈 채 간신히 울고 있더라며 데리고 온 녀석들이었다. 그녀는 징과 율에게 작은 참치캔 하나씩을 건넨 뒤 소파에 몸을 누이고는 눈을 감았다. 나는 잠자코 그녀를 바라보고 있다가 속삭이듯 그녀를 불렀다.

"이모."

그녀가 부스스 눈을 떴다.

"응?"

"징을 만났어."

"징?"

"응. 징."

"징은 언제나 율을 만나. 율은 언제나 징을 만나. 둘은 남매니까. 율과 징은 참치를 좋아해."

"고양이 말고. 진짜 징을 만났다고."

"진짜 징이 뭐야?"

"징. 이모 아들. 박현가."

징은 징의 태명이었다. 현가라는 이름은 나의 아버지가 지어주었다. 현악기의 현에 아름다울 가였다. 은조라는 이름은 징의 아버지가 지어주었다. 은빛 은에 새 조였다. 율은 징의 어머니가 지어준 이름이었고 징은 나의 어머니가 지어준 이름이었다. 율은 빛날 율, 징은 맑을 징.

*

제주도에서, 그녀는 끝내 나를 알아보지 못했다. 언제 제주도에 왔는지, 그동안 어디에서 살았는지, 제주도에서 뭘 했는지도 기억하지 못했다. 나의 아버지와 어머니도, 그리고 자신의 이름도.

그녀가 유일하게 기억하고 있는 건 징뿐이었다. 징에 대해 알고 있는 건 두 가지였다. 자신의 아들이라는 것과 지금은 한국에 없다는 것. 한국을 떠나서 다행이라고 그녀는 말했다.

"아가씨가 우리 징을 어떻게 알아?"

나는 잠자코 있다 되물었다.

"밥은 드셨어요?"

"왜? 사주려고?"

해변에서 걸어나와 가장 가까운 식당으로 갔다. 생선구이 집이었다. 그녀는 고등어를, 나는 삼치를 골랐다. 고등어는 그녀가 가장 좋아하던 생선이었다. 내가 밥을 세 숟가락쯤 먹었을 때 그녀는 공기를 비웠다. 물을 한 컵 들이켜더니 그녀가 말했다.

"우리 징을 진짜 알아?"

"네."

"어떻게 알아?"

"어릴 때 친구였어요."

"그렇구나."

그녀는 밥 한 공기를 더 시켜 단숨에 해치웠다.

"아가씨 집은 어디야?"

"서울요."

"놀러가도 돼?"

"그럼요."

"가자 그럼."

그녀가 벌떡 일어섰다.

"지금요?"

"그럼 언제 가?"

그때만 해도 나는 내가 그녀와 그토록 오랫동안 같이 살게 될 거라고는 예상하지 못했다.

그녀는 집을 마음에 들어했다. 소요재, 라고 이름까지 지어주었다. 산책하듯 이리저리 슬슬 거닌다逍遙는 뜻도 되고 여럿이 떠들썩하게 일으킨 소란騷擾의 뜻도 된다고 했다. 소요재, 소요재, 하고 여러 번 연이어 발음하면 새의 울음소리 같다고도 했다. 그녀는 아버지의 방을 썼다. 무덤처럼 고요해서 좋다고 했다. 볕을 염려하자 무슨 말인지 모르겠다는 듯 고개를 갸우뚱했다.

"사방에 널린 게 볕인데?"

오수 삼촌에게 사정을 알리자 삼촌은 곧장 집으로 달려왔다. 그녀를 보자마자 와락 부둥켜안고는 울음을 터뜨렸다.

"형수!"

그녀는 삼촌을 알아보지 못했다.

삼촌 말에 의하면 징의 아버지가 죽고 나서 반년쯤 뒤에 그녀 모자와 연락이 끊겼다고 했다. 다들 불안해하며 그들의 행방을 수소문했지만 끝내 찾지 못했다는 것이었다. 그런 일이 있었는지 몰랐다고 하자 삼촌은 고개를 끄덕였다.

"네 아버지가 너한테는 말하지 말라고 했어."

"왜요?"

"네가 놀랄까봐 그랬겠지."

"그랬을까요?"

"다른 이유가 있었다는 거냐?"

"그게 아니라…… 제가 정말 놀랐을까 싶어서요."

삼촌은 나를 망연히 바라보다 말했다.

"놀랐을 거다."

"왜요?"

"누군가 갑자기 사라지는 건 언제나 놀랄 일이니까."

"그런가요?"

"응. 아무리 반복돼도 익숙해지지 않아."

그녀를 원래 있던 곳으로 돌려보내야 한다고 매일 생각했다. 하지만 그곳이 어디인지 알 길이 없었고 무엇보다 그녀는 어디로도 갈 마음이 없어 보였다. 어떻게 하면 좋을까 숙고했으나 답을 찾을 수 없어 어떻게도 하지 못한 채 시간이 흘렀다.

그녀가 나를 기억해낸 건 두 달 뒤였다. 설거지를 하고 있는데 그녀가 등뒤에서 물었다.

"네 이름이 뭐라고?"

"율이요."

"율이라고?"

"네."

"네가 진짜 율이야?"

멈칫했다.

"우리 율이가 언제 이렇게 컸어?"

닦고 있던 그릇을 놓친 뒤 뒤를 돌아보았다. 그녀는 정말 놀란 듯 눈이 휘둥그레져 있었다.

그녀가 기억하는 나는 아주 오래전의 나였다. 나도 기억나지 않

는 나, 아직 우리에게 아무 일도 일어나지 않았을 때의 나였다. 그
녀의 입장에서 보자면 기억이 아니라 현재였다. 그녀의 시간 속에
는 아직 나의 어머니와 아버지와 징과 징의 아버지가 함께 있었
다. 다들 어디 갔냐고 그녀는 물었다. 그리고 여기는 어디냐고.

　다음날 그녀는 다시 나를 알아보지 못했다. 제주도에서 만난 일
도 잊은 듯했다. 그래도 집은 기억했다. 자신이 이곳에 살고 있다
는 것과 이름을 붙여주었다는 것. 내 집이 아니라 자신의 집으로
알고 있긴 했지만.

　느슨한 주기로 그녀는 나를 기억하고 잊기를 반복했다. 어떻게
하면 좋을까, 계속 생각했다.

　딱 한 번 그녀를 버린 적이 있었다. 함께 산 지 일 년 반 하고도
몇 개월이 지났을 때였다. 정확히는 8월. 어느 저녁 그녀는 문득
또 나를 알아보았고 모두를 기억해냈다. 그녀의 시간 속에서 우리
는 아무것도 예감하지 못한 채 웃고 떠들어대고 있었다. 어머니
는 노래를 불렀고 아버지는 춤을 추었으며 징의 아버지는 시를 낭
독했고 그녀는 기타를 연주했다. 징은 기타 선율을 따라 콧노래를
흥얼거렸고 나는 어머니의 무릎을 베고 잠들어 있었다. 아버지와
그녀는 연극의 대사를 주고받았다. 연극의 제목은 '알제리의 유령
들'이었다.

　"대관절 어떤 사람이 어떤 것에 대해 어떻다고 느낀다는 건 어
떤 건가요?"

그녀가 물었다.

"인간이 되고 싶은 겁니까?"

아버지가 되물었다.

"비밀을 알려주세요."

그녀가 말했다.

"무엇에 관한 비밀을 말이죠?"

"무엇이든."

"모순을 발견하십시오."

"그럴 테니 이름을 지어주세요."

"이름이 왜 필요하죠?"

"용기를 내야 하니까요."

"알겠습니다."

"내 이름은 무엇인가요?"

"하모니아."

"당신은 누구죠?"

"나는 누구입니까?"

"프레드."

대사는 줄기차게 이어졌다.

제주도에서 그녀가 메고 있던 배낭에는 간단한 세면도구와 몇 장의 지폐, 그리고 희곡 한 편이 들어 있었는데 그게 바로 『알제리의 유령들』이었다. 본문은 출력물인지 복사물인지 백여 쪽이 채 안 되는 분량이었고 붉은색 종이로 만든 표지에는 제목과 'UKKU'라는 영문이 적혀 있었다. 활자로 된 본문과 달리 검은색 사인펜으로 쓴 누군가의 손글씨였다. 누구의 글씨냐고 묻자 그녀는 자신이라고 했다. 그럼 이 희곡도 이모가 쓴 거냐고 묻자 아니라고 했고 작가가 누구냐고 묻자 누구도 모르는 사람이라고 했다. UKKU는 배의 이름이며 한때는 어디든 갈 수 있는 배였고 지금은 어디서도 볼 수 없는 배라고 했다.

"왜요?"

"지도 밖으로 나가버렸거든."

그 희곡을 읽은 것은 그녀와 함께 산 지 반년쯤 되었을 때였다. 읽을 수 있을까 싶었는데 두통의 두려움으로 인한 긴장 때문에 뒷목이 뻐근해진 것 말고는 의외로 별 증상 없이 끝까지 읽혔다. 언제부터 그렇게 되었는지는 알 수 없었다.

'알제리'라는 술집을 배경으로 네 명의 유령이 등장하는 희곡이었다. 두 명씩 각기 다른 테이블에 앉아 있는 상황이고 서로에게 하모니아와 프레드라는 이름을 지어주게 되는 두 명이 주인공이었다. 나머지 두 명이 그 둘의 대화에 가끔씩 끼어들어 네 명의 대화가 섞이는 식으로 이야기가 진행되었다. 그들은 모두 어떻게 알제리에 오게 되었는지, 왜 계속 알제리에 있어야 하는지, 어떻게 하면 알제리에서 나갈 수 있는지 알지 못하는 상태였는데, 그렇다는 걸 종종 잊은 채 다른 대화를 나누다가 문득 누군가 그 사실을

환기시켜 서로에게 묻고 대답하는 대사가 노래의 후렴구처럼 주
기적으로 반복되었다.

　그나저나, 여긴 어디죠?

　그러게요, 여기가 어디였죠?

　알제리.

　맞다, 알제리.

　우리는 어떻게 이곳에 왔나요?

　그러게요, 우리가 왜 이곳에 있죠?

　나가고 싶어요.

　나도 그렇습니다.

　어디로 나가야 합니까?

　그러게요, 어디로 나가죠?

　우리가 나갈 수 있을까요?

　나갈 수 있을 겁니다.

　언제?

　지금.

　지금은 언제인가요?

　어쨌거나 그날, 습도와 기온이 극에 달한 한여름 한낮. 어쩌면
그래서였는지도 몰랐다. 전에 듣던 이야기들과 크게 다르지 않았
는데도 대사 한마디 한마디가 모두 거슬렸다. 말과 말 사이의 숨
소리조차.

한 떼의 매미들이 돌연 목청을 찢었고 나는 더이상 참을 수가 없었다.

"그만하세요."

처음에는 그래도 꽤 침착했다. 그녀는 멈추지 않았다.

"그만하시라고요, 제발."

나는 소리쳤다.

"왜 그러니, 율아."

"다 끝났어요."

"뭐가 끝났다는 거니, 율아."

"없어요. 아무것도 남아 있지 않다고요."

"그러니까 뭐가 말이니, 율아."

나는 그녀의 손목을 움켜쥐고 집을 나섰고 그녀는 벙벙한 채로 끌려왔다. 어디로 얼마나 걸었는지는 기억나지 않는다. 갈 수 있는 만큼 멀리, 더는 지쳐서 걸을 수 없을 때까지 걸었다. 문득 멈춰 선 곳에 그녀를 놓아두고 달리기 시작했다. 어디로 얼마나 달렸는지는 기억나지 않는다. 달릴 수 있는 만큼 멀리, 더는 숨이 차서 달릴 수 없을 때까지 달렸다.

택시를 타고 집 앞까지 오는 데는 십 분도 채 걸리지 않았다. 집에 들어오자마자 땀으로 흠뻑 젖은 옷을 모두 벗어 쓰레기통에 처넣은 뒤 샤워를 하고는 기절하듯 잠이 들었다.

눈을 떴을 때는 새벽이었다. 세상이 물에 잠긴 듯 고요했다. 어둑어둑하던 창밖이 금세 푸르스름해지고 사람들의 발소리가 띄엄 띄엄 들려왔다. 아침이고 저녁이고 늘 듣던 소리인데도 불현듯 무 서워졌다. 자박자박 지나가던 발들이 느닷없이 방향을 틀어 일제 히 집으로 들이닥칠 것만 같았다.

그녀를 찾아 동네를 헤맸다. 옆동네와 그 옆동네도 가보았지만 그녀는 없었다. 근방의 모든 파출소에 연락해보았다. 두어 시간 뒤 한 파출소에서 그녀와 비슷한 여자를 찾았다는 연락이 왔다. 그녀는 나를 알아보지 못했다.

"아가씨는 누구야?"

"율이요."

"율이 누군데?"

"징의 친구요."

"징은 누군데?"

잠깐이긴 했지만 그녀가 징을 기억하지 못한 건 처음이었다. 나 는 당황하지 않았다.

"이모 아들요."

"이모가 누구야?"

손가락으로 그녀를 가리켰다.

"나는 조카 없는데?"

"진짜 조카는 아니에요."

"그럼?"

"징의 친구예요."

"징은 내 아들인데?"

"맞아요."

"이름이 뭐라고?"

"율이요."

"율? 네가 율이라고?"

"네."

"우리 율이가 언제 이렇게 컸어?"

그녀는 집을 알아보지 못했다. 집이 마음에 든다며 이름을 지어주어야겠다고 했다. 한참 고심한 뒤 나온 이름은 소요재였다.

*

어머니와 징의 어머니는 중학교 동창이었다. 일학년 때 같은 반 친구로 만나 연극반에 들어가면서 친해졌고 고등학교와 대학교는 서로 다른 곳으로 갔지만 줄곧 단짝으로 지냈다. 어머니와 징의 아버지는 대학교 동창이었다. 두 사람은 연극 서클에서 만났다. 어머니는 국어교육과였고 징의 아버지는 역사교육과였다. 둘은 연기보다는 극작에 관심이 많아 금세 친해졌다. 이래저래 대화는 잘 통했으나 피차 이성적인 매력을 느끼지는 못했다. 어머니는 징의 어머니에게 징의 아버지를 소개해주었고 얼마 후 징의 아버지가 보답의 의미로 어머니에게 아버지를 소개해주었다. 만나보라고 해서 만나긴 했지만 아버지나 어머니나 당시에는 연애할 마음이 없었다.

아버지와 징의 아버지는 고등학교 동창이었다. 담배를 나누어 피우는 것으로 안면을 텄다. 어느 저녁 징의 아버지가 실연을 이유로 자신의 자취방에 아버지를 불러들였다. 둘은 밤새 대작을 하고는 새벽녘 아버지의 오토바이를 함께 타고 달리다 정면에서 돌진해오는 트럭을 찰나의 감각으로 피하고 공중을 날아 간신히 목숨을 구했다. 그 일로 두 사람은 '운명적인'이라는 수식어가 붙은 절친이 되었다. 둘은 다른 대학에 갔다. 아버지는 연극과였다. 징의 아버지가 희곡에 재능이 있다는 걸 가장 먼저 알아본 아버지는 함께 연극과에 가자고 했으나 징의 아버지는 부모님의 반대를 꺾지 못했다.

아버지와 어머니가 사랑에 빠진 건 소개를 받고 반년이 지난 뒤였다. 아버지가 먼저 어머니를 사랑하게 되었다. 어머니와 징의 아버지가 함께 쓴 희곡을 처음으로 무대에 올린 날이었다. 연극을 보러 온 아버지가 뒤풀이 자리에 합류했다. 아버지는 어머니가 끈적끈적 수작을 걸어오는 남자에게 욕을 뱉어낸 순간 마음이 넘어갔다. 그 욕이 씨발 좆까, 였다는 건 징에게 들었다. 징은 자기 아버지에게 들었다고 했다. 정확히는 우리 모두가 함께 있을 때 누군가 문득 그때의 일화를 꺼냈고 다 같이 그 순간을 회고하다 그

욕이 뭐였지, 하는 누군가의 물음에 징의 아버지가 대답한 것이라고 했다. 나는 잠들어 있었고 그들은 그 이야기로 한참을 웃었다고 했다.

어쨌거나 사랑에 빠진 아버지는 어떻게든 어머니의 시선을 끌기 위해 여자들이 좋아할 것 같은 온갖 기교를 부렸다. 무심한 눈빛, 침묵, 낮은 목소리, 희미한 미소, 호탕한 폭소, 강렬하고 단호한 발언, 의외의 유머, 누군가의 이야기에 또렷한 응시로 온전히 몰입하는 태도, 문득 권태로운 표정으로 부는 휘파람 등등. 덕분에 그 자리에 있던 모든 여자들이 하나둘씩 아버지에게 집중하게 되었으나 어머니는 눈 하나 깜짝하지 않았다. 너무 전형적이야. 어머니는 생각했다.

"그 전형적인 데 끌리는 자신을 인정하기 싫었던 거지."

아버지는 언젠가 말했다.

"웃기시네."

어머니가 코웃음을 쳤다.

"맞아요, 그게 민선이죠."

징의 어머니가 아버지 편을 들자 어머니는 눈을 흘겼다.

"그렇지, 그게 민선이의 매력이지."

징의 아버지가 키득거리며 동조했다.

"난 자존심 센 여자는 싫던데."

문득 징이 끼어들자 어른들이 웃음을 터뜨리며 일제히 나를 보았다. 나는 어쩐지 부끄러워서 얼굴을 붉혔다. 어머니가 징의 등을 찰싹 내리쳤다.

"이놈 새끼, 우리 율이가 자존심이 없다는 거야, 싫다는 거야!"

어머니는 아버지가 줄타기하는 모습을 보고 사랑에 빠졌다고 했다.

아버지는 열두 살 때 할머니에게 줄타기를 처음 배웠다. 정확히는 어깨너머였다. 할머니는 이따금 할아버지와 아버지가 곤히 잠든 한밤중에 마당에 나와 감나무와 뽕나무에 밧줄을 매달고 줄타기를 했다. 어느 밤 자다 깨어 그 모습을 보게 된 아버지가 눈이 휘둥그레져 자기도 해보고 싶다며 달려들었다. 할머니는 줄에서 내려와 부엌에서 식칼을 들고 나와서는 줄을 잘라버렸다. 유례없이 매몰차고 엄중한 기세에 아버지는 바짝 얼어 딸꾹질을 해댔다. 몇 달 후 전보다 더 늦은 밤에 아버지는 다시 할머니의 줄타기를 보게 되었다. 이번에는 기척을 죽이고 문틈으로 훔쳐보았다. 줄 위에서 노는 할머니는 전혀 다른 사람 같았다. 아니, 정말 다른 사람이었다고 아버지는 말했다.

"아니, 사람 같지가 않았어. 뭐랄까, 입자 같았다고 할까. 더는 쪼개지지 않는 궁극의 단위 같은 거."

징의 아버지는 그 표현을 자신의 희곡에 가져다 썼고 저작권료로 사흘간 술을 샀다.

아버지는 사실 할머니가 줄 위에서 걷고 춤추고 뛸 때보다 줄 위에 책상다리를 하고 하염없이 앉아 있는 장면을 더 잊을 수 없었다.

"어땠길래?"

징의 아버지가 묻자 아버지는 뭔가를 말하려다 말고 말하려다 말고는 결국 달리 표현할 길이 없다고 했다. 다만 그 모습을 보고 있노라면 자기도 모르게 울음이 울컥 솟구쳤다고 했다. 아버지는 징의 아버지가 쓴 희곡의 한 대목에서 그 울음의 이유를 발견했다. 주인공 여자의 대사였다.

"그 모습은 뭔가 그 사람의 전부를 말해주는 것 같았어요. 한데 그게 뭔지는 끝내 모르겠더군요."

이번에는 아버지가 징의 아버지에게 사흘간 술을 샀다.

딱 한 번 할머니가 아버지에게 줄타기를 가르쳐준 적이 있었다. 그날도 아버지는 할머니를 훔쳐보고 있었다. 할머니는 줄을 다 타고 내려와 나무에 묶은 줄을 풀다 말고 문득 뒤를 돌아보았다. 아버지는 화들짝 놀라며 얼른 이불 속으로 숨어들었다. 잠시 후 할머니가 방에 들어와 가만히 앉아 있다가 아버지를 불렀다.

"섭아."

아버지는 대답하지 않았다.

"지섭아."

아버지는 눈을 더 꽉 감았다.

"딱 한 번이다. 딱 한 번만 놀고 다시는 거들떠보지도 마라."

아버지는 슬금슬금 일어나 앉았다.

"왜요?"

할머니는 침묵하다 대답했다.

"줄을 타면 팔자가 사나워진다."

할머니는 줄을 풀어 할머니가 댔던 높이보다 한참이나 낮은 위치에 줄을 맸다. 아버지는 줄에 올랐고 할머니가 손을 잡아주었다. 흥분을 못 이기고 내처 걸음을 내디디려 하자 할머니가 손을 꽉 쥐어 잡아당기며 움직임을 눌렀다.

"아서."

흐트러진 균형이 다시 잡히자 아버지는 또 욕심을 냈고 할머니는 혀를 찼다.

"줄이 너를 받아줄 때까지 기다려라."

할머니가 손을 잡고 있을 때는 몰랐지만 홀로 줄 위에 서 있기란 보통 힘든 일이 아니었다. 할머니의 손을 놓자마자 아버지는 금세 나동그라졌다. 그러기를 수십 번 반복했다.

그게 다였다. 아버지는 두 번 다시 할머니의 줄을 타지 못했고 할머니가 줄을 타는 것도 보지 못했다.

할머니는 조선의 마지막 사당패 모가비의 양녀였다고 했다. 아버지는 스무 살 때, 그러니까 할머니가 죽은 지 일 년이 지난 뒤에 할아버지로부터 그 이야기를 들었다. 왜 그전까지는 말해주지 않았는지, 그러다 왜 말해주기로 했는지는 알 수 없었다. 아버지는 할머니에 대해 더 많은 걸 알고 싶었으나 할아버지는 할 이야기를 다 했다는 듯 묵묵했다. 할머니도 그랬지만 할아버지도 본래 말수가 적은 사람이었다.

아버지는 할머니를 향한 것인지 줄을 향한 것인지 자신의 뿌리를 향한 것인지, 아무튼 손에 잡히지 않는 그 무엇을 향한 고밀도의 갈증으로 번민하다 줄타기를 배우기로 했다. 시작하기엔 늦은 나이였으나 배우는 속도가 제법 빨랐다. 인간문화재의 수제자였던 스승으로부터 좀더 일찍 익혔다면 명인이 되었을 거라는 칭찬까지 들었다고 했다.

징의 아버지는 아버지의 이야기에 혹하여 마지막 사당패에 관한 기록을 찾아 온갖 역사서를 뒤졌다. 덕분에 사당패에 관해 많은 걸 알게 됐으나 끝내 마지막 사당패에 관한 기록은 찾을 수 없었다. 설사 기록을 찾아낸다 해도 기록되지 않은 진짜 마지막 사당패가 따로 있었을지 모른다는 데 생각이 미쳤다. 그러자니 기록도 마지막도 중요하지 않았고 다만 줄타기를 배워보고 싶은 마음만이 오롯이 남았다.

어머니의 말에 의하면 아버지의 줄타기 솜씨는 그다지 훌륭하지 않았다. 아버지는 자신이 이십 분은 족히 놀았다고 했으나, 어머니는 오 분을 넘지 못했고 그나마도 다섯 걸음 이상 나아가지 못했다고 했다. 두 사람이 자신의 기억이 진짜라고 우길 때마다 징의 아버지가 십여 분 일고여덟 걸음이라는 애매한 증언으로 둘을 중재했다. 어쨌거나 어머니는 아버지에게 한순간 사로잡혔다. 땀범벅이 된 채 균형을 잡느라 양팔을 정신없이 휘저으며 한 발짝 한 발짝 간신히 발을 떼는 모습에서 눈을 뗄 수 없었고 어머니는 짜릿한 전율을 느꼈다. 자칫하면 땅으로 떨어져 다시는 자신이 서 있던 곳으로 돌아갈 수 없을 것만 같은 위태로움, 오로지 줄에만 전적으로 의지해야 하는 그 위태로움이 불러일으키는 집중력, 세상 어떤 것도 뚫고 들어갈 수 없을 것 같은 백 퍼센트의 몰입.

하지만 어느 날 아버지는 말했다.

"너는 나를 단 한 순간도 사랑한 적이 없어. 나는 알아. 안다고."

어머니도 말했다.

"미친 새끼. 너도 마찬가지야."

비가 하루종일 내리던 날이었다. 아버지가 집에 있는 종이란 종이는 모두 태운 지 두어 달이 지나 어머니가 돌아오고 다시 석 달쯤 지났을 때였다. 그날 그들은 끝내 서로에게 그릇들을 집어던지고 서로의 따귀를 후려갈기고, 그리고도 분을 못 이겨 가구들을 때려 부쉈다. 그후 며칠간은 조용하더니 다시 서로를 헐뜯고 때리고 뭔가를 깨뜨리고 부수었다. 가끔은 싸움 끝에 울음을 터뜨리기도 했다. 어떤 땐 어머니가 먼저, 어떤 땐 아버지가 먼저, 결국엔 둘 다 울었다. 날카로운 비명처럼 히스테릭하게 시작된 울음은 점차 물기와 힘이 빠지면서 낮은 음조의 관악기 소리와 같은 울림으로 변했고 규칙적인 호흡을 타고 흘러나오는 신음 비슷한 숨소리에 이른 뒤 멈추었다. 그러고 나면 두 사람은 기절하듯 잠이 들어 열 시간이고 스무 시간이고 일어나지 않았다.

그런 일이 반복되었다.

나는 한때는 지구였던 베이지색 벽을 하염없이 바라보곤 했다. 바라보고 바라보고 있다보면 벽 너머로 사라진 대륙과 섬들과 국경선들이 하나씩 눈앞에 펼쳐졌고, 나는 누운 채로 검지를 뻗어 그것들의 윤곽을 멀찍이 더듬었다. 어쩌면 나는 이제 징만큼이나 세계지도를 잘 그릴 수도 있을 것 같다는 생각이 들었다.

싸움이 극에 달할 때마다 징의 집에 전화를 걸고 싶었지만 참았다. 참고 참다 어느 날엔가는 정말로 전화를 걸었다. 징이 받았다. 나는 아무 말도 하지 않았다. 아무 말도 나오지 않았다. 여보세요? 여보세요? 징은 몇 번 반복하다 침묵하고는 한참 뒤에 말했다. 율이니? 나는 대답하지 않았다. 율아. 아버지인가 어머니인가가 뭔가를 던져 뭔가를 깨뜨렸는지 와장창하는 소리가 났고 나는 화들짝 전화를 끊었다. 한 시간쯤 뒤에 징의 아버지가 찾아왔다. 사라진 지구 한 귀퉁이에 쪼그리고 앉아 있는데 징의 아버지가 방문을 열고 내 이름을 불렀다.

"율아."

나는 울음을 터뜨렸다.

징의 아버지는 천천히 다가와 내 머리를 쓰다듬은 뒤 나를 가만히 안아주었다.

"괜찮아, 율아. 괜찮아."

나는 곧 진정되었다.

아버지와 어머니는 이제 막 육박전에 돌입한 참이었다. 아버지는 어머니의 양 팔목을 붙잡았고 어머니는 발버둥치다 아버지의 얼굴에 침을 뱉었다. 징의 아버지는 둘 사이에 뛰어들어 둘을 떼어놓으려다 아버지에게 턱을 얻어맞고 나동그라졌다. 그는 소리쳤다.

"쌍놈의 새끼들아, 그만해, 그만하라고! 율이 보고 있어! 율이 보고 있다고!"

두 사람은 순간 멈칫했다. 아버지는 어머니의 팔목을 놓았고 어머니는 털썩 주저앉았다. 아버지도 주저앉았다. 둘은 한참 그대로 앉아 씩씩거렸다. 숨소리가 점차 가라앉았고 그렇게 싸움이 끝났다고 생각했다. 하지만 잠시 후 아버지는 문득 징의 아버지를 돌아본 뒤 다시 어머니를 노려보며 말했다.

"너, 저놈이랑 잤지?"

"미친 새끼."

"나는 다 알아. 안다고."

"네까짓 게 뭘 알아. 넌 아무것도 몰라."

아버지가 어머니에게 다시 달려들었다. 징의 아버지는 조용히 일어나 내가 있던 방의 문을 닫았다.

욕설과 깨지는 소리가 한참 이어졌다. 그리고 한순간 모든 것이 멈추었다. 나는 잠이 들었다 문득 눈을 떴다. 벽과 천장을 한참 바라보았다. 배가 고팠다. 방문을 열자 아버지도 어머니도 징의 아버지도 보이지 않았다. 거실은 아무 일도 없다는 듯 깨끗했다. 징의 아버지가 치우고 간 것일 터였다. 다른 방을 열어보았다. 한 방에서는 아버지가, 다른 방에서는 어머니가 잠들어 있었다. 나는 조용히 문을 닫았다.

부엌으로 가서 냉장고를 열었다. 먹을 것이라곤 달걀밖에 없었다. 나는 찬장에서 프라이팬을 꺼내 가스레인지에 올린 뒤 달걀 두 개를 깨뜨렸다. 소금을 뿌리고 후추를 뿌렸다. 하얀 접시에 두 개의 달걀프라이를 놓았다. 식탁에 앉아 달걀프라이를 먹었다. 맛있었다. 다 먹은 뒤 두 개를 더 만들어 두 개의 접시에 각각 한 개씩 놓고 방에 들어와 좀더 잤다.

그로부터 이 년 뒤 어머니가 죽었다. 췌장암이었다. 병원에서 진단을 받은 지 육 개월 만에 죽었다. 그로부터 삼 년 뒤 징의 아버지도 죽었다. 간암이었다. 암이 유행하던 시절이었다고, 오수 삼촌은 언젠가 곱창을 씹으며 말했다. 농담으로 듣고 피식 웃자 오수 삼촌은 불판 위를 서성이던 젓가락을 테이블에 반듯이 내려놓은 뒤 정색한 채 목소리를 잔뜩 깔고 말했다.

"거짓말이 아니다. 어떤 시절엔 사람들이 모두 같은 이유로 죽는다."

*

징을 본 순간 이모는 털썩 주저앉았다.

"왜 돌아왔어."

징은 한 걸음 한 걸음 천천히 다가와 이모 앞에 앉았다.

"엄마 보려고 왔지."

이모는 울음을 터뜨렸다. 징은 이모의 어깨를 감싸안았다. 이모는 징의 품안에서 울다가 잠이 들었다.

그게 다였다.

징은 조용히 일어났다. 나도 조용히 일어나 징을 배웅했다. 처음에는 큰길까지만 나가려고 했는데 징이 택시 문을 연 채로 가만히 서 있더니 주춤주춤 돌아보며 말했다.

"같이 안 갈래?"

머릿속이 하얘졌다.

"같이 가자."

징이 손을 잡아끌었다. 반사적으로 발바닥에 힘이 실렸다.

"어, 어딜?"

내가 더듬자 징은 우두커니 나를 바라보다 풋 웃었다.

"어디긴. 공항이지."

"아."

도심을 벗어나 문득 창밖으로 지평선이 보이는가 싶더니 문득 수평선도 나왔고 문득 수평선인지 지평선인지 헷갈리는 아득한 경계선도 보였다. 해가 지고 있었고 하늘엔 모양이 다소 복잡한 구름들이 뭉게뭉게 떠 있었다. 얼핏 곰팡이처럼도 보였다.

"예쁘다."

내가 말했다.

"뭐가?"

"구름."

징은 그제야 창밖을 바라보았다.

"적운."

"응?"

"구름 말이야."

"아."

나는 곰팡이를 닮은 적운을 바라보며 생각했다. 왜 나는 그 순간 멈칫했을까. 징이 가자고 하면 어디든 따라갈 수 있는데, 따라가겠다고 했다면 징은 나를 어디로 데려갔을까, 그곳은 어떤 곳일까.

징이 탑승 수속을 마치고 돌아서서 미소를 지었다. 심장이 훅 오그라들었다. 징은 깜짝 놀랐다.

"괜찮아? 얼굴이 새하얗잖아."

"추워서 그래."

"한여름에 춥다니."

"에어컨이 너무 세."

징은 한 손을 내 뺨에 가져다 댔다.

"뜨거운데?"

나는 얼굴을 뒤로 빼며 징의 손을 걷어냈다. 징은 허공에 버려진 손을 그대로 둔 채 나를 물끄러미 바라보더니 내 손을 덥석 잡으며 말했다.

"가자."

"어딜."

"어디든."

"어디든이라니."

"밥을 먹든 커피를 마시든."

우리는 구내식당에 들어가 생크림을 얹은 감자 통구이와 오믈렛을 주문했다. 감자는 내가, 달걀은 징이 가장 좋아하는 음식이었다. 주문을 하고도 어딘지 미진하다는 표정을 짓고 있던 징은 맥주 두 잔을 추가로 주문했다. 맥주를 다 비울 때까지 우리는 아무 말도 하지 않았다. 징이 다시 맥주 두 잔을 주문했다. 맥주를 다 비울 때까지 우리는 또 아무 말도 하지 않았다.

출국장에 들어가기 전 징은 나를 물끄러미 바라보다 미소를 짓고는 두 팔 벌려 나를 안으며 말했다.

"괜찮을 거야."

"뭐가."

"뭐든. 누구든."

나는 징의 가슴을 세차게 밀쳐냈다.

"괜찮다면서 왜 가? 나를, 네 엄마를 여기에 놔두고."

징은 다시 나를 바라보다 미소를 지은 뒤 내 머리를 쓰다듬으며 말했다.

"너도 엄마도 괜찮을 거니까."

"너는."

"너랑 엄마만 괜찮으면 나는 괜찮아."

"그게 무슨 말이야."

징은 미소를 머금은 채 한참 동안 내 머리를 쓰다듬다 문득 입을 맞추고는 말했다.

"돌아올게."

"정말?"

"응."

"언제?"

"곧."

나는 고개를 끄덕였다.

징이 출국장 안으로 사라진 뒤 나는 한참 동안 그 자리에 서 있었다.

두 달 뒤 징에게서 편지가 왔다. 핀란드의 한국 식당에서 일하고 있다고 했다. 두 명의 핀란드 여자가 주인인데, 그들은 한 번도 한국에 가본 적은 없지만 한국을 좋아한다고 했다. 그래서 한국 식당을 연 거라고 했다. 징은 자신이 한국인이어서 곧바로 채용되었다고 했다. 그저 거쳐갈 여행지였을 뿐인데 덜컥 채용되어서 한동안은 그곳에 머물 거라고 했다. 그들은 연인이며 징을 아들처럼 예뻐한다고 했다. 너는 연인이 있냐고 묻기에 징은 그렇다고 대답했고, 이름이 뭐냐고 하기에 징은 율이라고 대답했다고 했다. 그들은 한참 동안 내 이름을 반복해서 불렀다고 했다.

율.

율.

율.

그들은 너를 보고 싶어해. 그러니까 언제 한번 놀러와.

응. 그렇게.

나는 편지를 읽으며 그렇게 대답했다.

답장은 쓰지 않았다. 내가 그렇게 대답했다는 걸 징은 알고 있을 것이었다.

2부

철수의 이야기

1

푸르륵 잠이 깼다. 눈을 떴다가 이내 감았다. 빛이 너무 맹렬했
다. 눈꺼풀이 만든 어둠은 연약했다. 눈꺼풀 안으로 또하나의 장
막을 치듯 눈을 좀더 세게 감았지만 이미 천지를 장악한 빛을 물
리치기엔 역부족이었다. 뜨겁지는 않았다.

의식은 아직 현재와 잠들기 전을 연결하지 못했다. 몸은 다만
중력을 느낄 뿐, 희미하게 감지되는 온도나 냄새만으로 이곳이 어
디인지 지금이 언제인지를 파악하지는 못했다. 공간과 시간을 기
억해내는 건 의식의 몫이었다. 그러나 의식을 현재로 데려오는 건
몸이긴 했다.

손에 느껴지는 까끌까끌한 감각이 꿈 언저리에 걸쳐져 있던 절

반의 의식을 몸으로 끌어당겼다. 몸의 부름에 의식이 응답했다. 모래다. 나는 모래 위에 누워 있다.

눈을 떴다. 생각했던 것보다 빛은 그렇게 폭력적이지 않았다. 어쩌면 눈은 한 번의 충격으로 빛을 받아들일 준비를 마쳤는지도 몰랐다. 겁을 먹었던 것에 비해 빛은 부드럽고 나른했다.

해안은 텅 비어 있었다.

텅 빈 해안을 바라보며 잠들기 전에도 이런 풍경이었는지 생각했다. 기억나지 않았다.

시야 밖으로 시선을 옮겼다. 누군가 맨등을 보이고 서 있었다. 아는 사람인가 모르는 사람인가. 남자인가 여자인가. 알 수 없었다. 거리 때문인가 햇빛 때문인가. 알 수 없었다. 아는 사람인지 모르는 사람인지 남자인지 여자인지 모르는 채, 거리 때문에 모르겠는 건지 햇빛 때문에 모르겠는 건지도 모르는 채 누군가의 맨등을 한참 바라보았다. 어쩌면,

당신인지도 몰랐다.

율.

그것이 당신의 이름인가. 율.

당신의 등을 한참 보고 있자니 누군가의 등을 이토록 한참 본 적이 있었던가 싶었다. 등이라는 건 보고 있으면 그저 한참 보게 되는구나, 생각했다.

만져보고 싶었다. 손끝에 닿는 당신의 등이 어떤 느낌인지 알고

싶었다.

모래 위에 놓여 있던 손을 들어 등을 향해 뻗었다. 손끝에 등이 닿았다. 시각적으로는 분명히 그랬다. 역시 눈은 아무것도 모른다.

닿아 있는 게 아니지. 닿아 있는 거라면 내 손가락이 당신의 등을 덮을 만큼 커 보일 리가 없잖아.

손이 모래 위로 툭 떨어졌다.

눈을 감았다.

어쩌면 아직 꿈을 꾸고 있는 건지도 몰랐다. 어쩌면 이 생각조차 꿈인지도.

*

그것은 꿈이었다. 나는 병실의 보조 침대에 누워 있었다. 환자는 아버지였다. 병명은 재생불량성 빈혈.

목이 탔다. 부스스 일어나 냉장고를 열었다. 유통기한이 언제였는지 까마득한 달걀 한 알만이 텅 빈 냉장고를 오롯이 지키고 있었다. 나는 병실에서 나와 화장실로 향했다. 세면대의 수돗물을 한참 받아먹었다. 갈증이 다스려지자 오줌이 마려웠다. 비몽사몽 눈을 감은 채 간밤에 마신 소주의 냄새가 밴 오줌을 한바탕 갈긴 뒤 눈꺼풀을 반쯤 열었을 때 나는 오싹한 느낌에 몸을 부르르 떨었다. 시야 끄트머리로 뭔가 거뭇한 것이 잡혔다. 눈을 다 뜨고 해뜩 돌아보니 비둘기 정도 크기의 검은 새 한 마리가 한쪽 구석에서 나를 바라보고 있었다. 나는 얼어붙었다. 녀석도 미동 없이 그대로 붙박여 있더니 어느 순간 머리만 약간씩 상하좌우로 까딱거리다가 두 발을 꼼지락거리고는 불현듯 날개를 양쪽으로 쫙 펼쳤다. 나는 와락 눈을 감았다 떴다. 녀석은 이미 사라지고 없었다.

눈을 떴다. 또 꿈이었다. 나는 병실의 보조 침대에 누워 있었다.

그전에도 검은 새가 나오는 꿈을 여러 번 꾸었다. 거대한 검은 새가 하늘을 뒤덮고 있거나 보통 크기의 검은 새 한 마리가 담벼락 위에 앉아 있거나 수십 마리의 검은 새떼가 가지만 무성한 느티나무를 점령하고 있거나. 악몽까지는 아니었지만 그런 꿈을 꾸고 나면 기압이 낮은 날처럼 종일 기분이 가라앉았다.

처음으로 검은 새가 나오는 꿈을 꾼 건 아버지가 병원에 입원한 지 한 달쯤 되던 날 밤이었다. 그날 낮에 나는 냉메밀국수를 사들고 병원에 갔다. 냉메밀국수는 아버지가 제일 좋아하는 음식이었다.

"검은 새를 조심해라."

아버지는 뜬금없이 그렇게 말했다.

"검은 새가 말을 걸면 절대로 대꾸해선 안 돼."

아버지는 엄중히 경고한 뒤 젓가락으로 들어올린 국수를 후루룩 삼켰다. 나는 흰머리 몇 가닥이 간신히 덮고 있긴 하지만 결국엔 텅 비어 있는 아버지의 정수리를 무연히 바라보았다.

아버지가 그런 식으로 엉뚱한 소리를 한 건 처음이 아니었다.

74

주치의의 말에 의하면 자신의 병을 받아들이기 힘들어하는 환자들에게 나타나는 일종의 도피성 망상 증세라고 했다. 어머니의 말에 의하면 아버지가 반도체 조립공장에서 일하는 동안 질병을 유발하는 용액에 노출되었을 가능성이 큰데도 근로복지공단이 근거가 불분명하다는 이유로 산재 불인정 판정을 내린 일에 스트레스를 받아 공연히 딴소리를 하는 거라고 했다. 주치의는 그저 주의 깊게 들어주라고 했고 어머니는 귓등으로 흘리라고 했다. 나는 어떤 때는 주치의의 말을, 어떤 때는 어머니의 말을 따랐다.

그날은 주치의의 말을 따랐고 그러다보니 묻게 되었다.

"대꾸를 하면 어떻게 되는데요?"

"어떻게 되긴. 대화를 하게 되지."

"그다음은요?"

"그다음이라니."

"대화를 계속하다가 어떻게 되냐고요."

"대화를 계속 계속 하게 된다."

"그게 다예요?"

"별문제가 아니라는 것처럼 말하는구나."

"대화는 누구나 하는 거잖아요."

아버지는 도리어 무슨 소리를 하는 건지 모르겠다는 듯 어리둥절한 표정으로 나를 물끄러미 바라보고는 국물을 한 모금 들이켰다.

"그래서요, 어떤 대화를 하게 되는데요?"

"그냥 이것저것. 닥치는 대로."

아버지는 쓴맛을 다시는 듯 인상을 찌푸리며 쩝쩝거렸다.

"안 좋았어요?"

"안 좋았지."

"뭐가요?"

"계속 계속 대화하는 게 안 좋지."

"그게 왜요?"

"뭔가가 안 끝나고 계속 계속 이어진다고 생각해봐라. 머리가 아주 깨질 것처럼 아프다고."

"대화를 안 하면 되잖아요."

"그게 쉽지가 않아. 말을 걸면 어떻게든 반응이 일어나는데, 생각이나 감정 같은 거 말이다. 그걸로도 대화가 이어지거든. 예를 들어서 내가 이렇게 너와 이야기를 나누고 있는데 녀석이 말을 건다. 그러면 헷갈리니까 녀석은 좀 빠져줬으면 싶을 거 아니냐. 그래서 그러면 좋겠다, 하면 요놈이 금세 무슨 이야기 하는데? 라고 묻는 거야. 그러니까……"

아버지는 말하다 말고 신음 같기도 하고 헛기침 같기도 한 소리를 끙 냈다.

"그러니까…… 지금도요?"

"그래."

"한시도 안 쉬는 거예요?"

"그렇진 않아. 잠자코 있을 때도 많아. 한데 이 죽일 놈의 머리라는 게 말이다, 이제 끝난 건가, 조용하군, 하고 생각하게 된단 말이지. 그럼 여지없이……"

"대화가 이어지는 거군요."

"그래."

"나타나진 않고 말만 거는 거예요?"

아버지는 눈을 가늘게 뜬 채 내 얼굴을 들여다보다 내 쪽으로 턱짓을 했다.

"네 머리 위에 있구나, 아까부터."

아버지는 일 년도 채우지 못하고 뇌출혈로 숨을 거두었다. 아버지가 좀더 버텼더라면 나의 인생은 방향을 틀었을 수도 있었다. 입원이 길어지면서 아버지의 퇴직금과 적금이 순식간에 탕진되어 연극 일을 때려치우고 취직하기로 작심한 터였다. 외아들로서 홀로 남은 어머니를 책임지려면 그전처럼 살 수는 없기에 거듭 결의를 다졌는데 상황이 예상 밖으로 흘렀다. 어머니는 고향인 여수에서 민박집을 하는 이모에게 가겠다고 했다. 이모도 몇 해 전 남편을 잃은 터라 어머니의 낙향을 반겼다. 나는 만류했고 어머니는 뿌리쳤다.

"엄만 지쳤어. 당분간만이라도 그냥 누군가한테 좀 기대고 싶다."

"저한테 기대세요."

"너의 무엇에 기대란 말이니."

"앞으로 다르게 살 거예요. 진작 마음먹은 일인걸요."

"그건…… 그때 가서 다시 이야기하자."

나는 너를 믿지 않는다, 라고 들렸다.

2

탁오수를 만나러 가기로 마음먹은 건 아버지가 죽은 지 사십구일이 되던 날이었다. 이세돌이 알파고와 첫 대국을 치른 날이기도 했다. 많은 사람들의 기대나 믿음과는 달리 이세돌은 알파고에게 졌다. 바둑이 대체 뭘 하자고 만든 게임인지 알지도 못하고 관심도 가져본 적 없지만 어쨌거나 졌다고 하니 몹시 우울해졌다. 이세돌의 패배가 어떤 의미인지를 떠들어대는 인터넷 기사들을 읽고 있자니 우울은 두려움으로 변했다. 뭔가를 해야 한다는 생각이 들었지만 뭘 해야 할지 알 수 없었다. 초조해하다가 공연히 스마트폰으로 바둑 앱을 다운받았다. 한참 가지고 놀다가 그만두었다.

한 주 전에 사십구재는 어떻게 할지 의논하려 어머니와 통화를 했다. 어머니는 그사이 기독교로 개종했다면서 사십구재는 물론 앞으로 제사도 안 지낼 거라고 했다. 생각도 못했던 일이었다.

"뭐라도 해야겠으면 그건 너 알아서 하고."

"하지만……"

"하지만 뭐."

불쑥 부아가 일었다. 마음이 서면 주변 사정 돌아보지 않고 내쳐 원하는 바를 향해 달려가는 건 어머니의 주특기였다. 그 점을 언제나 못 견뎌했던 아버지와는 달리 나는 그게 어머니인걸, 하고 심상히 여겨왔는데 순간 어머니를 도무지 이해할 수 없다는 심정이 들었다. 결정을 꼭 그렇게 덜컥 내려야 하는지, 결정을 내리면 꼭 그렇게 야멸차게 싹둑 베어내고 가야 하는지. 나라를 구하느냐 마느냐의 문제도 아닌데.

"그래도……"

"그래도 뭐."

하지만 그렇게 말할 수는 없었다. 그건 어머니의 평생을 향한 비난이 될 터였고, 아버지의 평생도 끝난 판국에 어머니의 평생을 용인해온 나의 평생까지 뒤엎어가며 때늦은 싸움을 시작하고 싶지는 않았다.

"추도예배는 드릴 수 있지 않아요?"

"추모예배겠지."

"그게, 그러니까……"

"달라."

"아."

그럼 추모예배는 할 거냐고 물으려다 말았다. 추도든 추모든 예배든 제든, 내가 정말 하고 싶은 말은 다른 것이었으므로 그 말 외에 모든 말은 결국 아무 말도 아닌 것이 될 터였다. 어머니의 말대로 뭐라도 하고 싶다면 그냥 내가 하면 될 것이었다.

나는 아무것도 하지 않았다. 납골당에라도 가볼까 했지만 아버지는 이미 그곳에 없다는 생각이 들었고 그러자 안 가고 싶어졌다. 그래도 뭔가를 해야 하지 않나, 하지만 뭘 해야 하나, 띄엄띄엄 궁리하면서 오전을 보냈다. 그러다가 이세돌과 알파고의 경기를 보게 된 것이었다. 우울해졌고, 두려워졌고, 해가 지자 배가 고팠다. 집에는 라면과 달걀이 있었지만 어쩐지 한 상 잘 차려진 밥을 먹고 싶어서 집을 나섰다.

정작 들어간 곳은 국숫집이었다. 온갖 국수들이 적힌 메뉴판을 한참 들여다보다 냉메밀국수를 주문했다.

"포장해드려요?"

주인이 물었다.

"네?"

"아니, 평소엔 멸치국수나 칼국수를 드시는데, 냉메밀국수를 시키실 땐 늘 포장해달라고 하셔서."

"아, 저는 냉메밀국수를 안 좋아하거든요. 먹으면 탈이 나서."

"네?"

"제가 속이 차서 그렇대요."

"아…… 그러면……"

주인 여자가 어색한 미소를 지었고 그제야 나는 우리의 대화가 꼬였다는 걸 알았다.

"냉메밀국수 주세요. 포장 말고요."

국수를 반쯤 먹었을 때 그녀가 문을 열고 들어왔다. 잊고 있었던 꿈이 와락 떠올랐다. 그 맨등의 주인공이 그녀였다는 확신도 없으면서 나는 그녀의 나신을 훔쳐본 적이 있기라도 한 듯 얼굴이 달아올랐다.

그녀는 대각선 방향의 테이블에 앉아 냉메밀국수를 주문했다.

"오늘 인기 좋네, 냉메밀국수."

주인 여자가 말하며 나를 건너다보았다. 그 눈길을 따라 그녀의 시선이 나를 스쳤다. 아랫도리가 불뚝해졌다. 미친놈.

태연하게 먹는 일에 몰두하는 척하느라 순식간에 그릇이 비워졌다. 하필 헐렁한 추리닝 바지를 입은 터라 일어설 수 없어 별수 없이 국수 한 그릇을 더 시켰다. 국수가 나왔을 때 그녀는 식사를 마치고 자리를 떴다. 나도 몇 젓가락 먹는 시늉을 하다 녀석이 풀이 죽자마자 일어나 나왔다.

집에 돌아오는 길에 보니 그녀의 가게는 불이 꺼져 있었다. 그녀의 퇴근시간은 불규칙했다. 아마도 그날 일의 분량에 따라 달라지는 모양이었다.

율 수선.

칼과 실톱으로 아크릴을 잘라 글자를 만들어 붙인 낡은 간판이었다. 딱히 어떤 폰트라 설명할 수 없는 그 글자들이 나는 마음에 들었다. 필기체라는 글꼴이 있고 손글씨는 캘리그래피가 된 시절이라서일까, 그것은 마치 누군가가 나에게 보내는 손편지처럼 보였다.

처음이자 마지막으로 이름을 물은 적이 있었다. 그녀는 한 번도 들어보지 못한 외국어를 들은 사람처럼 멍멍한 표정으로 나를 바라보다가 고개를 숙였다.

"혹시 이름이 율이에요?"

그녀는 다시 고개를 들어 여전히 같은 표정으로 나를 바라보았다.

"아, 율 수선이라고 해서…… 제 이름은 김철수입니다."

그녀는 좀더 나를 바라보다 다시 고개를 떨구고는 재봉틀을 돌렸다.

생각해보니 그때도 나는 얼굴이 달아올랐고 아랫도리가 불뚝해졌었다. 그때 그랬었다는 게 떠오르자 다시금 얼굴이 달아올랐고 아랫도리가 불뚝해졌다. 나는 도망치듯 내달려 집에 돌아왔다.

정작 집에 오니 그게 뭘 또 그렇게 부끄러워할 일인가 싶어서 안심이 되었는데 안심이 되자 뭔지 모르게 허전한 마음이 들었다.

그녀를 떠올리며 수음을 했다. 더더욱 허전해졌다.

냉장고에서 소주를 꺼내 언젠가 호프집에서 훔쳐온 500cc 잔에 다 따르고는 책상 앞에 앉았다. 뭔가 대단히 중대한 일을 해야 할 것 같은 기분이었으나 뭘 해야 할지 알 수 없어 하릴없이 인터넷 서핑을 하며 한 모금 한 모금 잔을 비워나갔다.

한 병을 더 마실까 싶어 냉장고를 열었는데 소주가 없었다. 소주가 없다니. 담배와 라이터와 물이 떨어진 적은 있어도 소주를 놓친 적은 단 한 번도 없었다. 어딘가엔 분명 있으리라는 믿음으로 찬장 이곳저곳을 뒤졌다. 소주는 어디에도 없었다. 세상엔 여전히 수억 병의 소주가 있을 것이고 현관만 나서면 손쉽게 구할 수 있으리라는 것도 알면서 나는 마치 내가 가진 것 모두를 잃은 것처럼 엄청나게 낙담했다. 그러는 내가 웃기면서도 진짜 웃음이 나지는 않았다.

나는 두 번 다시는 세상의 그 어떤 소주도 마실 자격이 없는 사람처럼 스스로가 부끄러웠다. 다만 그랬을 뿐인데 이내 나의 모든 것이 부끄러워졌다. 아버지에게도 부끄럽고 어머니에게도 부끄럽고 그녀에게도 부끄럽고 세상에도 부끄러웠다. 어쩌면 곧 기계에게도 부끄러워질지 몰랐다.

부끄러운 마음으로 다시 책상 앞에 앉았다. 버릇처럼 인터넷 창을 들여다보다가 화들짝 페이지를 닫았다. 이럴 때가 아니었다. 정말이지 뭐든 해야 했다. 하지만 뭘?

뭐라도.

뭔가가 생각나기 전까지는 아무것도 안 하기로 했다.

한 시간, 어쩌면 두 시간이, 의외로 세 시간이 흘렀는지도 몰랐다. 불현듯 그 이름이 떠올랐다.

탁오수.

한때 같은 극단에서 활동했던 미래 선배가 탁오수에 대해 이야기한 적이 있었다. 그때 나는 그의 이름을 처음 들었다. 연출 겸 단장이 경제적 압박을 이기지 못하고 극단 해체를 선언한 날이었다. 이렇게 된 바 삼박 사일 술 처먹다 죽어버리자던 동료들이 해가 뜨면서 하나둘 자리를 뜨고 그녀와 나만 남은 참이었다. 그녀는 혀가 말렸고 나는 귀가 먹먹했다. 다짐을 어긴 배신자들을 신나게 씹어대다 각자 토악질을 하고 와서는 피차 울적해진 채 묵묵히 술을 마셨다.

앞으로 어떻게 할 거냐고 묻자 그녀는 하던 걸 해야지 달리 별수 있겠느냐고 했다.

"너는 어쩔 셈인데."

나는 대답하지 못했다.

"가능하면 연극판을 떠나라."

"왜요."

"몰라서 묻냐."

"그러는 선배는 왜 못 떠나는데요."

"나는 이미 버린 인생이고, 너는 아직 젊으니까."

그녀가 잔을 비웠고 나도 따라 잔을 비웠다.

"떠나서…… 어디로 가요?"

"그걸 왜 나한테 물어."

"그럼 누구한테 물어요."

그녀는 나를 멀거니 바라보다 다시 잔을 비웠다.

"탁오수."

"네?"

"탁오수한테 물어봐."

"그게 누군데요."

"탁오수를 모른단 말야?"

"알아야 해요?"

그녀는 한심하다는 듯 고개를 절레절레 저었다.

"하여간 연출이 꿈이라는 녀석이…… 익히 알고는 있었지만 네 무식의 한계는 대체 어디까지인 거냐."

"아 글쎄 누군데요."

"탁오수라고."

"그러니까 탁오수가 누구냐고요."

"천재."

어이없는 웃음이 픽 샜다.

"천재 지상주의, 뭐 그런 거예요? 선배도 결국?"

이번엔 그녀가 픽 웃었다.

"넌 젊은 게 아니라 어리구나."

"허이고. 그래봐야 고작 여섯 살 차이라고요."

내처 나이 이야기로 넘어가 실없는 언쟁을 벌이다 서로의 성별을 흠잡기 시작했고 말꼬리를 타고 또다른 소재들로 성큼성큼 건너뛰면서 목소리를 높였다가 키득거렸다가 손바닥을 마주 쳤다가 신경질을 냈다가 누군가는 울고 누군가는 웃다가 함께 노래를 불렀다. 소주는 끝도 없이 들어갔다.

정신을 차리고 보니 모텔방이었다. 그녀와 나는 홀딱 벗은 채 나란히 누워 있었다. 슬쩍 고개를 돌려보았을 뿐인데 기척을 느낀 듯 그녀가 부스스 눈을 떴다.

무슨 말을 해야 좋을지 알 수 없었다.

"기억은 나냐?"

기억나지 않았다.

그녀는 이불로 몸을 감싸고는 일어나 앉았다. 나는 냉큼 냉장고에서 물을 꺼내 건넸다. 그녀는 픽 웃더니 물을 받아 마신 뒤 담배를 물었다.

"나는 다 기억나."

"네?"

그녀가 또 픽 웃었다.

"네가 정신 잃은 여자 업고 와서 강간한 거 아니라고."

"아……"

천만다행이었다. 그래도,

"죄송해요."

"뭐가."

"기억 못해서요."

모텔에서 나와 해장국집에 갔다. 나는 콩나물국밥을, 그녀는 선짓국을 시켰고 반주로 소주 한 병을 절반씩 나눠 마신 뒤 헤어졌다. 집에 돌아와 열다섯 시간을 내리 잤다. 어머니가 밥 먹으라고 깨우지 않았더라면 더 잤을지도 모른다.

탁오수의 이름을 다시 들은 건 그로부터 반년쯤 지나서였다. 그 사이 나는 모 지역 마을 공동체의 협동조합에서 운영하는 극장 기획부에 계약직으로 취직했고 모 극단의 공연을 무대에 올리면서 예전에 같은 극단 연출부에서 함께 일한 윤호 선배와 재회하게 되었다. 당시 조연출이었던 그는 연출가가 되어 있었고 배우로서 무대에 서기도 했다. 공연시간 사십여 분 동안 무대 뒤 한쪽 끝에서 다른 쪽 끝까지 쉬지 않고 슬로모션으로 달려가는 역할이었다. 대사는 없었지만 연극이 끝난 뒤 주연배우만큼이나 큰 박수를 받았다. 어깨너비로 열 걸음 남짓한 거리를 사십 분으로 쪼개 최대한 평균 속도를 지키며 전진하는 것이 관건이었다고, 윤호 선배는 말했다. 그 속도감을 몸에 익히기 위해 천 번은 넘게 연습했다고 했다. 나는 고개를 끄덕였다.

"그럴 만해요. 정말이지 그 캐릭터는 신의 한 수였어요."

그는 눈을 찡긋하며 묘한 미소를 지었다.

"어떤 점에서?"

"이렇게 말해도 좋을지 모르겠지만…… 그 캐릭터가 아니었다면 극 전체가 너무 평범했을 거예요."

그는 휘파람을 휘이 불었다.

"오, 김철수. 많이 컸네. 그런 것도 알아보고."

"에이, 선배님이 훌륭하신 거죠. 그 캐릭디, 선배님 아이디어죠?"

그때 선배의 입에서 그 이름이 나왔다. 탁오수.

알고 보니 윤호 선배는 탁오수의 조카의 친구였다. 그 인연으로 술자리에서 탁오수를 몇 번 만났다고 했다. 그는 이번 연극의 극본을 완성한 뒤 탁오수에게 보내 피드백을 부탁했다. 처음으로 쓴 극본이었고 탁오수의 평가에 따라 무대에 올릴지 말지를 결정할 생각이었다. 탁오수는 '지나치게 성실한 극본'이라는 짧은 평과 함께 '그래도 완성을 했다면 어떻게든 무대에 올릴 것. 다만 줄거리와 아무 상관 없는 캐릭터를 하나 넣으면 좋을 듯. 예컨대 공연 내내 무대에서 조용히 달리기만 하는 남자'라는 조언을 답신으로 보내주었다고 했다.

처음엔 그의 이름을 기억하지 못했다. 어딘가 낯익은 느낌만 뱅글뱅글 맴돌다 윤호 선배가 다른 이야기로 넘어가자 관심에서 벗어났다. 각자가 알고 있는 사람들의 안부를 주거니 받거니 하던 중 그녀가 언급되었고 나는 그제야 그가 누구인지를 기억해냈다.

"그 사람 천재예요?"

대뜸 그렇게 물었다.

"누가. 미래가?"

"탁오수요."

그는 소주잔을 들어올리다 멈칫하고는 이내 술을 입에 털어넣었다.

"미래가 그러든?"

나는 대답하지 않았다.

"그렇게 말할 사람은 미래밖에 없는데?"

"천재가 아니에요?"

"그걸 왜 나한테 묻냐. 네가 판단할 일이지."

나는 그를 모른다고 했다.

"연출이 꿈이라는 새끼가 탁오수를 모른단 말이냐?"

그날도 새벽까지 술을 마셨고 열다섯 시간 자고 난 뒤 그의 이름을 잊었다.

탁오수.

인터넷 검색창에 그의 이름을 쳐넣고 엔터키를 눌렀다.

그는 연출가인 동시에 극작가였다. 스물다섯 편의 연극을 연출했고 그중 열여섯 편은 직접 극본도 썼으며 극본만 쓴 건 열다섯 편이었다. 기사는 그다지 많지 않았다. 그나마 대개는 공연 정보에 관한 것이었고 단독 인터뷰를 한 적도, 신상에 관한 내용이 기사화된 적도 없었다. 누구도 모를 리 없을 만큼 유명한 사람은 아니라고 생각하니 마음이 놓였다. 구 년 전 마지막 작품을 무대에 올린 뒤 연극계에서 은퇴했고 얼마 후 제주도로 내려가 술집을 차렸다는 건 누군가의 블로그를 통해 알게 되었다. 또다른 누군가의 블로그에는 그 술집의 이름이 '알제리'이며 그가 마지막으로 무대에 올린 연극의 제목이 '알제리의 유령들'이었다고 쓰여 있었다. 〈알제리의 유령들〉은 그의 대표작인 모양이었다. 연출로도, 극본으로도. 그는 이십여 년에 걸쳐 그 연극을 무대에 백 번 올렸고 마지막 공연 뒤 연극계를 완전히 떠났다고 했다. 극본을 읽어보고 싶었지만 인터넷에서는 찾을 수 없었다.

윤호 선배에게 연락해보았다. 그날 이후로 일 년 만이었다. 그는 전화를 받지 않았다.

미래 선배에게 연락해보았다. 그녀도 묵묵부답이었다.

두 사람에게 같은 메시지를 남겼다. 간단한 안부 인사와 〈알제리의 유령들〉의 극본을 구할 수 있냐는 내용이었다.

한 시간쯤 지나 그녀에게서 답신이 왔다.

몰라. 어쨌든 반갑다.

어쨌든 고맙다는 답신을 쓰던 중에 그녀에게서 다시 메시지가 왔다.

윤호 선배도 잘 모른대.

둘이 같이 있다는 뜻이었다. 왜 그들은 전화를 받지 않았을까, 왜 그녀가 대신 답신을 썼을까 생각하다 공연히 불쾌해져서 그대로 메시지 창을 닫았다. 잠시 후 그녀에게서 또 메시지가 왔다. 윤호 선배를 비롯해 누구 누구 누구와 술 먹고 있으니 별일 없으면 나오라는 것이었다. 다들 나를 보고 싶어한다고 했다. 기분이 풀렸고 순간 마음이 쏠렸지만 결국 거절했다. 그런 식으로 얼렁뚱땅 그녀와 재회하고 싶지 않았다.

탁오수에 관한 모든 글을 찾아 읽는 데는 긴 시간이 걸리지 않았다. 마지막으로 읽은 건 학사논문 「한국의 부조리극 연구―박조열의 〈목이 긴 두 사람의 대화〉와 탁오수의 〈알제리의 유령들〉을 중심으로」였다. 박조열에 대한 분석이 너무 일반적이고 앙상한 것으로 보아 〈알제리의 유령들〉에 대한 칭찬 일색의 비평도 그리 신뢰할 만한 내용은 아닐 터였다.

몰입의 흐름을 끊는 것이 아쉬워 몇 해 전 헌책방에서 구입한 박조열의 희곡집 두 권을 꺼내 각각 처음부터 끝까지 다 읽었다. 몇몇 구절은 소리 내어 읊기까지 했다.

그리고,

더는 할 일이 없었다.

아까보다 더 큰 허탈함과 초조함이 밀려왔다.

지금이라도 술자리에 나갈까.

그럴 참으로 집을 나섰다가 빈 택시를 서너 대 흘려보내고는 편의점에 들러 소주 두 병을 사서 다시 집으로 돌아왔다.

스마트폰으로 인터넷 음원 사이트에 접속해 모차르트의 〈레퀴엠〉 중 '입당송Introitus'을 무한 반복시킨 뒤 술병을 비워나갔다. 스무 살 때 처음으로 쓴 단편소설 제목이 '입당송'이었다. 문예창작과 합평회에서 소설이라기보다는 희곡 같다는 평을 받았고 이후 스무 편이 넘는 단편소설을 썼지만 매번 비슷한 소리를 들었다. 몇 해에 걸쳐 신춘문예에 열두 편의 소설을 응모했으나 예선한 번 통과하지 못했다. 학과 선배의 조언으로 그중 한 편을 희곡으로 고쳐 응모했는데 덜컥 당선되었다. 나는 흥분했다. 전 우주가 손가락이 되어 나를 가리키며 '바로 당신!'이라고 말하는 것 같았다. 군대에 다녀온 뒤 연극반에 들어갔고 연극에 대해 하나씩 배워나가면서 본격적으로 꿈을 키웠다. 인위적인 가상성과 원초적인 현장감이 첨예하게 부딪치고 절묘하게 결합하여 폭발해내는 극적인 실감을 맛보게 되면서 나는 더더욱 연극에 빠져들었다. 희곡을 쓰는 것만으로는 부족했고, 무대 전체가 만들어내는 그 아슬아슬하고도 완전한 순간들을 처음부터 끝까지 관장하고 싶었다. 연출을 꿈꾸게 된 건 그 때문이었다.

꿈을 이루는 건 쉽지 않았다. 연출은커녕 극작가가 되는 것도 요원한 일이었다. 극본이 무대에 올려지거나 연출가로 데뷔했더라도 형편이 크게 나아지지는 않았을 터였다. 연극의 전성기는 지나간 지 오래였고 회복은 불가능했다. 시대는 운명을 다한 것들을 돌아보지 않는다. 흔적을 추슬러 그것들을 잊지 않게 만드는 건 언제나 몇몇의 개인들이며, 그들조차도 기력이 다할 때가 온다.

비단 연극판의 일만은 아닐 것이었다. 그것이 현실이라고, 현실은 나를 가르치고 있었다. 그래도 사라지지 않는다면 그것은 기적인지도 몰랐다. 그러나 기적을 만드는 건 언제나 사람이며, 그래서 결국엔 헷갈리는 것이다.

우주의 손가락은 여전히 나를 가리키고 있기는 했다.

네가 꿈을 이루지 못한 건 오로지 네 탓이다. 네가 노력을 하지 않기 때문이며, 네가 천재가 아니기 때문이며, 네가 운이 나쁜 탓이다.

현실 탓을 하지 말 것. 그래, 그것도 현실이겠지.

스마트폰에서는 계속해서 신을 믿는 이들이 죽은 이들을 위해 부르는 노래가 흘러나오고 있었다.

저들에게 영원한 안식을 주소서. 저들에게 끝없는 빛을 주소서.

소주 두 병을 모두 비운 뒤 입당송을 좀더 들었다.

어째서 살아 있는 이들을 위해서는 노래하지 않는가.

처음으로 그렇게 생각했다.

결론은 금방 내려졌다.

레퀴엠이니까.

하지만.

노래의 주인은 노래를 듣지 못한다. 노래를 듣는 자는 노래의 주인이 아니다. 노래는 과연 누구를 위한 것일까.

나는 노래의 주인이 될 것인가, 아니면 노래를 들을 것인가. 노래의 주인도 아니고 노래도 듣기 싫다면 나는 누구여야 할까. 아니, 누구일까.

탁오수에게 물어봐.

미래 선배가 대답했다.

그는 전재니까.

음악을 끈 뒤 제주도행 항공권을 예약했다. 탁오수를 만나 이렇게 묻기로 했다.

살아 있다는 건 무엇입니까.

살아 있다면 무엇을 해야 합니까. 죽는 거 말고.

3

알제리에 도착한 건 오후 두시가 조금 넘어서였다. 닫힌 문에는 작은 표찰이 걸려 있었다. 오후 다섯시 오픈.

근처 민박집에 방을 잡은 뒤 바닷가로 나가보았다. 모래사장이 없어서인지 비성수기라서인지 사람이 거의 보이지 않았다. 한 시간여 산책하는 동안 단 세 사람이 띄엄띄엄 스쳐지나갔다. 차림새로 보아 여행객 같았다.

허기와 피로가 밀려와 맨 먼저 눈에 들어온 카페로 들어갔다. 아메리카노와 와플 세트를 주문했다. 눈앞에 펼쳐진 바다를 바라보며 아메리카노와 와플을 먹었다. 잠시 후 세트를 하나 더 주문했다. 아메리카노는 공짜로 리필해준다고 하기에 와플만 두 개 주문했다. 다 먹고도 시간이 남아 다시 산책을 했다. 이번엔 한 사람도 마주치지 않았다.

알제리는 다섯시 사십오분에 문을 열었다. 문 앞 간이의자에 앉아 있는데 사십대로 보이는 한 여자가 다가와 나를 스쳐보고는 열쇠로 문을 열었다. 여자는 문을 열어둔 채 안으로 들어갔고 나는 따라 들어갔다. 여자가 뒤를 돌아보자 나는 멈칫했다. 여자는 미소를 지었다.

"편한 곳에 앉으세요. 메뉴는 테이블에 쓰여 있어요."

정사각형에 가까운 직사각형 모양의 스무 평쯤 되는 공간이었다. 테이블은 모두 여섯 개였다. 출입문 맞은편 쪽에는 카운터와 바 테이블이 있었고, 바 테이블 뒤편 벽 진열장은 레코드판이 가득 메우고 있었다. 오른편으로는 일자형 싱크대와 작은 조리대, 냉장고가 놓인 주방이 있었고 왼편에는 커다란 창이 두 개 나 있었다. 나는 창가 쪽 테이블에 자리를 잡았다.

여자의 말대로 테이블에는 검은색 사인펜으로 삼십여 가지의 메뉴가 사 열 종대로 적혀 있었는데 모두 주류였다. 마지막 줄에는 '안주는 그날 재료에 따라 다름'이라고 쓰여 있었다.

여자는 등을 보인 채 주방에서 설거지를 하고 있었다. 개수대며 조리대에 그릇들이 잔뜩 쌓여 있는 것으로 보아 시간이 좀 걸릴 것 같았다. 여자의 일이 끝나기를 기다리고 있는데 여자가 돌아보며 말했다.

"술부터 하시겠어요? 아니면 요기부터 하실래요?"

"아, 천천히 하세요."

"그럼 그럴까요?"

웃음을 머금은 여자의 음성이 듣기 좋았다.

창밖으로 시선을 던져둔 채 해 지는 풍경을 바라보았다. 잠깐 무슨 생각엔가 빠져 있는 동안 해가 툭 떨어졌다. 여자는 그새 김치전을 부쳐 테이블에 내려놓은 참이었다.

"서비스예요. 주문은 천천히 하셔도 됩니다."

"감사합니다. 맥주 주세요."

세 시간에 걸쳐 맥주 세 병과 소주 한 병 반, 안주로는 조개찜과 돼지고기 수육을 먹었다. 수육은 서비스였다. 하루 전에 삶은 거라 돈 받고 팔 수는 없다고 했다. 일곱 조각이긴 했지만 고깃점이 두툼해 이백 그램은 족히 돼 보였다. 배가 불러 세 조각은 남겼다. 그러는 동안 네 팀의 손님들이 다녀갔다. 그중 마지막으로 들어온 팀은 여자와 잘 아는 사이처럼 보였다. 삼사십대로 보이는 여자 두 명과 남자 세 명으로 구성된 팀이었다. 대화의 흐름으로 보아 그들과 여자와 탁오수는 전날 밤부터 새벽까지 알제리에서 파티를 한 것 같았다. 탁오수는 숙취 때문에 가게에 나오지 못한 모양이었다. 그들은 탁오수를 선생님이라고 불렀다.

                                   *

살아 있다는 건 무엇입니까.

그것은 〈알제리의 유령들〉에 나오는 대사였다.

죽지 않았다는 것이지.

논문의 저자는 그 두 줄이 작품의 주제를 관통하는 문장으로, 희망을 상징한다고 썼다. 인용문에 의하면 그다음 대사는 이렇게 이어졌다.

그런 말은 나도 할 수 있습니다.

그렇다면 하게.

무엇을 하라는 말입니까.

자네도 할 수 있다는 그 말 말일세.

그것은 내 것이 아닙니다.

그렇다면 하지 말게.

내가 왜 그래야 합니까.

무엇을 그래야 한다는 것인가.

나보고 하지 말라고 하지 않았습니까.

그렇다면 하게.

무엇을 말입니까.

뭐든.

물을 긷겠습니다.

그러게.

대답하는 자는 A였고 묻는 자는 B였다. A는 '알제리의 유령들'이라는 제목의 글을 쓰는 늙은 남자였고 B는 한쪽 우물에서 물을 퍼올려 다른 쪽 우물에 채워넣고 다 채워지면 다시 그 물을 퍼올려 원래 우물에 채워넣기를 반복하는 젊은 남자였다.

그들 말고도 등장인물이 두 사람 더 있었다. C와 D였다. A와 B를 감시하는 남자들이었다. C와 D의 주된 대화는 A가 앞으로 완성할 글에 대한 것이었다. 그들은 A의 글이 B를 선동할 것이며 B는 결국 물 긷는 일을 그만둘 것이라고 했다. 그것은 대단히 위험한 일이라고 그들은 장담했지만 그 일이 왜 위험한지는 알지 못했다. A는 치매라도 걸린 듯 문득문득 자신이 어떤 글을 쓰는지 기억하지 못했다. 극 중반부에 이르러 A는 감시자들과 마주치고, 감시자들은 A가 기억하지 못하는 A의 글의 내용을 말해준다. 감시자들은 A와 대화를 나누면서 A가 앞으로 쓰게 될 글의 내용까지 말하기 시작하고 A는 그들이 말해준 내용을 글로 쓴다. 이윽고 A는 글을 완성하지만 감시자들은 B가 그 글을 읽지 못하도록 몰래 훔쳐 태워버리고 A는 자신이 글을 완성했다는 사실을 잊어버린다. 네 사람은 하던 일을 계속하며 극이 끝난다. 결국 아무 일도 일어나지 않았지만 A와 B가 하던 일을 계속한다는 것은 그들이 사라지지 않음을 의미하며 따라서 그들이 존재한다는 것 자체가 C와 D에게는 저항이며 공포라고 저자는 썼다. 그래서 그 두 문장이 희망을 상징한다나 뭐라나. 나는 저자가 부조리극이 무엇인지 이해하지 못하고 있거나 〈알제리의 유령들〉은 부조리극이 아닐 거라고 생각했다.

*

휴대폰 벨소리에 잠에서 깼다. 어머니였다. 서울 집에 와 있다고 했다. 나는 제주도라고 했더니 어머니가 바락 외쳤다.

"집구석은 돼지우리로 만들어놓고 대체 거기는 왜 가 있어!"

어머니는 흐느끼고 있었다. 나는 담담히 울음소리를 들었다. 어머니는 곧 진정되었다. 반찬들을 냉장고에 넣어놓았으니 밥 잘 챙겨 먹으라고 말하곤 대답도 듣지 않고 전화를 끊었다. 시계를 보니 오전 열시 삼십칠분이었다. 좀더 누워 있다가 씻고 나와 근처 식당에서 아침을 먹었다.

미래 선배에게 전화가 온 건 오후 두시가 조금 넘어서였다. 바닷가를 산책하던 중이었다. 어디냐고 묻기에 제주도라고 했더니 한 박자 쉬고 다시 물었다.

"설마 알제리에 간 거야?"

급격히 가라앉은 음성이었다.

그렇다고 하자 냅다 소리를 질렀다.

"네가 거길 왜 가!"

처음엔 얼떨떨했고 곧 여러 감정이 엉겼다. 다들 나한테 왜 이러시나.

"내가 여길 오든 말든,"

이라고 말하면서 온몸이 푸르르 떨렸고,

"선배가 무슨 상관이에요!"

라고 뱉으면서 목청이 불쑥 높아졌다.

"하여간 너…… 그분한테 내 이야기 했담 봐."

살짝 누그러진 말투였다.

"선배 이야기, 뭐요."

"네가 『알제리의 유령들』 하나 읽자고 거길 갔을 리는 없고…… 아무튼 나 아는 사람이라고 말하지도 마."

막연한 짐작들이 머리를 스쳤다.

"왜 대답이 없어!"

다시 소리가 커졌다.

"선배는 그럼 내가 여길 왜 왔다고 생각하는 거예요?"

"그러니까. 거길 왜 갔냐고!"

그녀는 초조해하고 있었다. 그럴수록 나는 침착해졌다.

"선배가 그분하고 개인적으로 아는 사이라는 거 지금 선배가 말해서 알았어요."

"지금 알았다고? 진짜야?"

모르고 있는 것이 문제인지, 알고 있는 것이 문제인지 알 수 없었다.

아무 말도 하지 않자 그녀도 입을 다물었다. 대화는 더이상 이어지지 않았다.

*

"저는 김철수라고 합니다. 정윤호 선배와 같은 극단에 있었습니다."

탁오수에게 나를 그렇게 소개했다.

"정윤호? 정윤호라…… 그게 누구지?"

"그 왜 〈백 년 전 오늘〉이라는 작품을 연출한……"

"〈백 년 전 오늘〉이라……"

"선생님께서 극본을 봐주셨다고 들었습니다. 너무 성실한 작품이라고 평해주셨다고…… 그래서 계속 달리는 남자를……"

"아! 그래, 기억나. 우리 조카 녀석의 친구였지."

"네, 맞습니다."

"그 친구와 같은 극단에 있었다고?"

"네."

"배우인가?"

"아닙니다. 저는 연출부에 있었습니다."

"연출은 누구였는데?"

"강특출님이었습니다."

"강특출? 강특출이라…… 아, 강특출! 본래 이름은 하늘인가 산인가 하지 않았나?"

"바다입니다."

"그래, 바다. 강바다. 그 꼬맹이가 연출이 되었다고?"

"네."

그는 박장대소하며 소주잔을 비웠다. 나는 그의 잔을 채웠고 건배를 한 뒤 함께 잔을 비웠다. 그는 내 잔을 채워주며 물었다.

"그래, 왜 나를 찾아왔나?"

"그게 그러니까……『알제리의 유령들』 때문에……"

"그게 왜?"

"읽어보고 싶어서요."

그는 조용히 또 한 잔을 비웠다.

"극본 말인가?"

"네."

"나한테는 없는데?"

"아, 그러면 가지고 계신 분이라도 알려주시면……"

"그걸 왜 읽고 싶지?"

"아…… 그게……"

문득 그렇게 되었다고 말할 수는 없었다. 사실 문득이 맞긴 했지만 맥락 없는 문득이란 존재하지 않았다. 예컨대 사십구재라든가 알파고라든가 메밀국수라든가 수선집의 그녀라든가 우주의 손가락이라든가 미래 선배라든가. 아, 미래 선배는 빼고. 어쨌거나,

"이야기가 좀 깁니다만……"

"이야기가 길어봤자지. 설마 인생만큼 길까."

인생만큼 길 수도 있었다. 맥락을 따지고 들자면 모든 것이 결과이자 원인이었고, 그렇게 인과를 거슬러올라가다보면 결국 내가 태어난 것이 최초의 이유인지도 몰랐다. 아니지, 내가 하늘에서 뚝 떨어진 것도 아니니까……

"뭔 놈의 생각이 그렇게 많아. 일단 뭐든 뱉어봐. 뱉다보면 알아서 정리가 될 거야."

"그게 그러니까……"

"하, 거참. 그럼 일단 여기 오기 전에 뭘 했는지 말해봐."

"여기요?"

"여기, 알제리."

"아. 바닷가를 걸었습니다."

"그전엔?"

"밥을 먹었습니다."

"뭘 먹었나?"

"콩나물해장국을 먹었습니다."

"맛있었나?"

"나쁘지 않았습니다."

"그전엔?"

"어머니와 통화를 했습니다."

"무슨 이야기를 했지?"

"별 이야기는 안 했습니다."

"그래도 무슨 말인가를 했을 것 아닌가."

그런 식으로 대화가 이어졌고 그러다보니 생각보다 많은 이야기를 하게 되었다. 처음에는 시간 순서를 따라, 그다음엔 소재를 따라 가지를 뻗었다. 탄생의 순간까지 거슬러올라가지는 않았지만 나의 과거에 대해 그렇게 많은 내용을 소리 내어 말해본 건 처음이었다.

마지막 이야기는 내가 처음 쓴 소설에 관한 것이었다. 탁오수는 소설 제목이 왜 '입당송'이었냐고 물었다. 소설을 다 써놓고도 적당한 제목이 떠오르지 않아 고심하던 중 머리를 식힐 겸 여러 편의 영화를 닥치는 대로 다운받아 보다가 한 영화의 배경음악에 꽂혔는데 검색해보니 모차르트의 〈레퀴엠〉이었고, 인터넷에서 앨범을 다운받아 들으며 더 검색해보다 첫 곡인 'Introitus'가 '입당송'이라는 뜻임을 알고 제목으로 붙이게 되었다고 했다. 마침 어감도 좋았고.

"줄거리를 말해보게."

스스로를 강제 철거 직전의 한 낡은 상가 건물의 지박령이라고 여기고 있는 '어떤 것'이, 기억에는 없지만 자신은 분명 누군가에 의해 살해당했다고 확신하며 자신이 왜 죽게 되었는지, 죽기 전에는 누구였는지 알기 위해 건물 세입자들을 하나씩 추적하는 이야기였다.

"나쁘지 않은데? 자네 친구들은 그게 왜 희곡 같다고 했지?"

"묘사나 서술이 거의 없어서요."

"소설 쓰는 녀석들한테는 희곡이란 그런 것이군."

변명을 해주려던 것이,

"대사가 희곡적 운율을 가지고 있다는 말도 했습니다."

라는 자찬을 하고 말았다. 얼굴이 달아올랐다.

"희곡적 운율? 그게 뭐지?"

괜한 말을 했다는 생각이 들었다.

"괜한 걸 물었군. 신경쓰지 말게."

탁오수는 잔을 들어 건배를 권했다.

"아무튼 먼길 오느라 수고가 많았네."

잔을 부딪친 뒤 술을 입에 털어넣었다. 빈 잔을 내려놓는데 문득 뭔가가 함께 풀썩 내려앉는 기분이 들면서 나도 모르게 눈이 뜨거워졌다.

*

휴대폰 벨소리에 잠에서 깼다. 미래 선배였다. 다짜고짜 아직도
제주도냐고 물었다. 그렇다고 하자 그녀는 잠자코 있다가 또 물
었다.

"그 여자도 봤어?"

"그 여자?"

"그 사람이랑 같이 사는 여자!"

"아…… 그분이 그분이랑 같이 살아요?"

"봤구나."

"부부예요?"

"몰라."

"몰라요?"

"몰라."

문득 탁오수에 관한 그녀의 모든 말과 행동이 선명하게 이해되
었다.

부스스 일어나 앉았다. 시계를 보니 오전 아홉시 십오분이었다.

"선배."

"왜."

"그 사람 사랑해요?"

뱉고 보니 너무 진부한 문장이었다. 알아봐줘요? 라고 묻는 게

좋았을 뻔했다. 심상한 말투로. 그녀는 비웃을 것이 분명했다. 하지만,

"다 지나간 일이야."

뜻밖에 진지했다. 평소의 그녀가 아니었다.

"그래요?"

"그래."

그러면서 뭘 궁금해하느냐고 물으려다 말았다. 누군가의 마음이 보였을 때 말의 옳고 그름을 따지는 건 무의미했다.

"선배."

"왜."

"여기 안 올래요?"

"내가 왜."

"그냥요. 제주도는 처음인데 되게 좋아요."

"됐어. 끊어."

냉장고에서 생수를 한 병 꺼내 내처 비운 뒤 창을 열고 담배를 물었다. 사람은 어쩌자고 사랑이라는 걸 하게 되는 것인가, 생각했다. 그것이 뭔지도 모르면서.

역시 진부했다. 하지만,

진심이었다.

숙소에는 어떻게 돌아왔는지, 탁오수와 몇시까지 술을 마셨는지 기억나지 않았다. 『알제리의 유령들』에 관한 이야기를 본격적

으로 꺼냈다는 건 떠올랐지만 이미 만취한 뒤라 어떤 대화가 오고 갔는지는 생각나지 않았다. 필름이 끊기기 전까지는 내가 참여한 연극과 내가 쓴 희곡에 대한 이야기를 했던 것 같고 탁오수는 돌 쇠에 대한 이야기를 한참 했다. 돌쇠는 탁오수가 키우는 개의 이름이었다. 옆집 똥개가 낳은 백구라고 했다. 탁오수는 녀석과 관련된 일화를 끝도 없이 늘어놓았고 여자가 재차 말리고서야 간신히 다른 화제로 넘어갔다.

그래. 여자는 탁오수를 삼촌이라고 불렀다. 여자의 이름은 한은조였다. 적어도 부부는 아닌 것 같다고 미래 선배에게 메시지를 보내려다 말았다. 남편을 삼촌이라고 부르면 안 된다는 법은 없었다. 설령 부부가 아니더라도 그녀의 마음이 편해질 것 같지는 않았다.

모르는 번호로 메시지가 도착했다.

일어나면 연락해요.

잠시 후 또 메시지가 왔다.

아. 나, 알제리 여주인이에요.

전화를 걸자 한은조는 깜짝 놀랐다.

"벌써 일어났어요?"

"아, 네."

"기운도 좋네요."

한은조는 해장하러 집에 들르라고 했다. 나는 예의상 한 번 거절했고, 그녀가 다시 권하자 수락했다. 내 숙소 위치를 기준으로 길을 알려주는 것으로 보아 어제 두 사람은 나를 숙소까지 바래다주고 간 모양이었다. 그제야 그녀가 술을 한 잔도 마시지 않았다는 것이 기억났다. 탁오수와 내가 소주를 대여섯 병 해치웠을 즈음 마지막 손님이 자리를 떴고 그녀가 뒷정리를 한 뒤 합류했을 때 내가 술을 권하자 그녀는 술을 못 마신다고 했다.

그들의 집은 숙소에서 도보로 십여 분 걸리는 곳에 있었다. 오십여 평 되는 대지에 이십오 평쯤 되는 허름한 단층집이 서 있었다. 사진에서나 보던 현무암 돌담이 집을 둘러싸고 있었고, 파란 대문을 밀고 들어가자 마당에 작은 텃밭이 보였다. 어디선가 하얀 강아지가 불쑥 나타나 종횡무진 날뛰며 길을 막았다. 돌쇠였다. 한은조가 밖으로 나오자 녀석은 그녀에게 들러붙었다. 그사이 나는 후다닥 집안으로 들어갔다.

탁오수는 방에서 자고 있었다.

원형 소반에 콩밥과 콩나물북엇국, 열무김치와 콩나물, 감자볶음과 달걀말이가 놓였다. 그녀가 반 그릇도 채 먹기 전에 허겁지겁 밥 한 그릇을 해치웠다. 그녀의 권유로 한 그릇을 더 비웠다.

"이렇게 폐를 끼쳐도 되는 건지……"

"뭘요. 우리가 보통 인연인가요?"

갑작스런 친밀감에 나는 약간 당황했다.

"덕분에 저도 그 아이 사연을 자세히 알게 됐어요. 고마워요."

그 아이라니. 맥락이 조금도 잡히지 않았다. 간밤에 잘려나간 필름의 양은 대체 얼마나 되는 것일까.

주춤주춤 사정을 고백하자 한은조는 풋 웃었다.

"괜찮아요. 삼촌도 맨날 그래요. 율 수선요."

"네?"

"율 수선 말예요."

머릿속이 아득해졌다.

"철수와 영희로 한참 웃었잖아요."

더 까마득했다.

"철수씨 동네에 있는 그 율 수선요."

까마득한 채로 고개를 끄덕였다.

"율 수선의 그 아이 이름이 궁금했다면서요."

그랬었다. 나는 김철수인데 당신은 이름이 뭐냐고 물었었다.

"영희라고요. 진영희."

"그러니까…… 그게…… 그러면……"

"율은 제 이름이에요. 제가 그 가게 주인이었어요. 오 년 전에 영희에게 가게를 맡기고 이곳으로 왔어요."

"하지만 성함이……"

"율은 어릴 때 이름이에요. 어제도, 아니 오늘 새벽이었죠, 삼촌이 저를 갑자기 율이라고 불러서 철수씨가 율 수선 이야기를 꺼내게 된 거였어요. 제가 그 이름을 별로 안 좋아하거든요. 삼촌

은 평소엔 은조라고 부르는데 꼭 술만 드시면 그 이름을 불러대
서……"

*

영희의 아버지는 탁오수의 중학교 동창이었다. 〈알제리의 유령
들〉을 아흔여덟번째 무대에 올린 날 공연이 끝난 뒤 극장을 나오
는데 그가 성큼 다가와 알은척을 했다.

"오수야."

잘 모르는 이가 대뜸 인사를 해오는 일은 종종 있는 터라 대충
상체를 숙이는 것으로 화답하며 지나갈 참인데 그렇게 불린 건 오
랜만이라 우뚝 섰다.

그의 이름은 진정수였다. 중학교 일학년과 이학년 때 같은 반이
었다고 했다. 탁오수는 그를 기억하지 못했다.

진정수는 어느 날 우연히 길을 지나다 벽에 붙은 연극 포스터를
보게 되었다. 연극의 제목은 '알제리의 유령들'이었다. 아무런 이
미지도 없이 온통 까만 바탕에 빨간 글씨로 '유령은 죽지 않는다'
라는 광고 문구가 쓰여 있었다. 제목은 노란색이었다. 무엇보다
그의 눈에 들어온 것은 연출가의 이름이었다. 오랫동안 잊고 있던
이름이었다.

중학교 일학년 때 진정수는 죽을 계획을 세우고 있었다. 사실

정말로 죽으려고 한 건 아니었다. 순수한 자신만의 의지로 선택할 수 있는 것, 그 누구도 건드릴 수 없는 단절의 공간을 생각하다 보니 죽음이 떠오른 것이었다. 어디에 있든 누구를 만나든 자신만의 안식처가 바로 눈앞에, 손만 뻗으면 쉽게 가닿을 수 있는 곳에 있다고 생각하면 무슨 일이 닥쳐도 상관없을 것 같았다. 진정수는 최대한 많은 종류의 죽음을 모으기 위해 닥치는 대로 책을 보았다. 심지어 국립 도서관에서 논문까지 찾아 읽었다. 무슨 말인지 이해가 안 갔지만 그러한 행위 자체가 그에게는 이미 삶의 방식이 된 터라 멈출 수가 없었다.

그렇게밖에 할 수 없도록 만든 최초의 원인은 형이었다. 형은 늘 화가 나 있었다. 그는 겨우 스무 살이었지만 이미 자신이 실패했다고 믿은 지 오래였다. 정확히 어떤 것에 실패했는지는 알 수 없었다. 어쩌면 그 자신도 모르는 것 같았다. 그게 그를 더욱 화나게 했다. 그의 일상은 누군가를 때리거나 누군가에게 맞거나 뭔가를 부수거나의 반복이었다. 때로는 자신의 과오를 후회하며 새로운 인생을 시작해보겠다고 마음먹기도 했으나 소용없었다. 실패자로 사는 것에 길들여져 있어서였는지, 그렇게 살아야만 자신이 실패자임을 잊을 수 있어서였는지, 진정수로서는 알 수 없었다. 밖에서 미처 화를 다 풀지 못하고 돌아온 날에는 개를 걷어차곤 했고 개가 죽자 진정수를 패기 시작했다.

엑스트라 배우였던 아버지는 며칠씩 집을 비우는 일이 많았고 어머니는 뒤뜰에서 생명수가 나온다는 모 교회에서 거의 살다시피 했기 때문에 형을 말려줄 사람은 아무도 없었다. 진정수는 아버지나 어머니에게 말해보기도 하고 가능한 한 밖에서 시간을 보내려고도 해봤지만 그럴수록 형은 더욱더 난폭해질 뿐이었다. 정면으로 반항 한 번 제대로 하지 못하는 진정수의 나약함이 싫어서라고 했다. 그러더니 또 언제부터인가는 자신이 그렇게밖에 할 수 없도록 만든 건 아버지라고 주장했다. 평생 아역배우로 주목받던 시절만을 그리워하는 무능한 알코올중독자의 자식이니 그 피가 어디 가겠느냐는 것이었다. 그 더러운 피 때문에 우리는 태어날 때부터 아무도 신경쓰지 않는 곁가지 인생의 운명을 타고난 거라고 했다. 결국 형은 자신의 운명을 바꾸기 위해 면도날로 온몸을 그어대다가 집을 나갔고, 돌아오지 않았다.

진정수는 생각했다. 그렇다면 아버지를 그렇게밖에 할 수 없도록 만든 최초의 원인은 뭐였을까. 그리고 그 원인의 원인은. 그런 식으로 진정수는 지금의 결과를 불러온 원인들을 찾아나갔다. 연결점은 끊임없이 발견되었다. 그러다보니 그 누구도 진정한 원인이 될 수 없었고 덕분에 진정수는 아무도 미워하지 않을 수 있었다. 대신 진정수의 현재는 도저히 손써볼 수 없는 괴물이 되어 있었다. 지금의 자신으로부터 벗어나기 위해서는 전 인류의 역사를 다시 써야 할 판이었다. 진정수는 손발이 묶인 채 그 무수한 원인과 결과의 더미에 압사당할 지경이었다. 그래서 그 모든 것과 단절된, 오직 자신의 의지가 처음이자 끝일 수 있는 선택은 무엇일까 궁리하기 시작했다. 그 결론이 바로 죽음이었다.

환희로운 발견이었다. 중첩과 파생으로 뒤얽힌 연결점들로부터 자유로워질 수 있는 방법이 그토록 가까운 곳에서 그토록 쉽게 손에 잡힐 줄이야. 진정수는 선택을 실행에 옮기기 전에 그 희열을 좀더 맛보고 싶었다. 아니, 죽음과 함께라면 진정수는 모든 원인과 결과를 떠안을 수도 있다고 생각했다.

그렇게 한창 진정수의 새로운 세계가 펼쳐지고 있을 때 탁오수가 나타났다. 이학기가 시작되고 또 몇 달이 지난 뒤였다. 그때까지 둘은 말 한마디 섞어본 적이 없었다. 그날 진정수는 등나무 아래 벤치에 앉아 도서관에서 빌린 『응급실 리얼 스토리』라는 책을 읽고 있었다. 점심시간이었다. 늘 도시락을 싸오지 않았기 때문에 매점에서 컵라면이나 빵을 사먹곤 했는데 그날은 돈도 없고 입맛도 없었다. 탁오수가 어떻게 옆 벤치에 앉게 되었고 무슨 말로 대화를 시작했는지는 기억나지 않았다. 사실 처음에는 대화가 아니었다. 탁오수가 띄엄띄엄 말을 건넸고 진정수는 침묵하거나 고개를 몇 번 끄덕였을 뿐이다. 그러다 탁오수가 진정수의 책에 관심을 보였다.

"나도 그 책 읽었어. 부제가 '삶과 죽음의 교차점'인가 그럴걸."

진정수는 약간 동요했다. 두려움이었는지 설렘이었는지는 확실하지 않았다. 어쩌면 둘 다였을지도. 탁오수는 아예 진정수 옆으로 옮겨 앉았다.

"실은 말야, 네가 도서관에서 빌려다 읽은 책들을 따라 읽고 있는 중이야. 일부러 그러려고 했던 건 아니야. 우연히 고른 책 대출증에서 네 이름을 봤는데 그런 일이 세 번이나 있게 되니까 좀 재미있더라. 그중 두 권은 네 이름만 있었고. 그래서 게임을 해보기로 했지. 네가 다음에 어떤 책을 읽을지 맞히는 게임."

탁오수는 일단 진정수의 취향을 파악하기 위해 진정수가 그동안 어떤 책들을 읽었는지 찾아내야 했다. 먼저 진정수의 이름을 발견한 『만복사저포기』『사이코들의 향연』『나의 투쟁』의 공통점을 생각해보았다. 굳이 찾자면야 저자가 모두 남자라거나 하는 수준의 것들을 수없이 꼽을 수 있겠지만 진정수의 기호를 알기에는 아무래도 역부족이었다. 그래서 이번엔 각각의 책과 연관이 있는 책들을 따로 찾아보기로 했다. 『만복사저포기』는 김시습에 관한 책이나 한국 고전소설로, 『사이코들의 향연』은 심리학 책이나 천재들 이야기로 가지를 치는 식이었다. 쉬운 작업은 아니었지만 효과가 있긴 있었다. 그렇게 해서 열여덟 권을 찾아냈을 때 탁오수는 목록을 다시 한번 훑어보았다. 실패였다. 탁오수는 잔꾀를 쓰지 않기로 했다. 도서관의 모든 책을 뒤져보기로 한 것이다. 이번엔 대여 날짜도 확인하기로 했다. 그렇게 해서 탁오수는 진정수의 이름이 쓰여 있는 대출증을 총 백스물일곱 개 찾아냈다. 그중엔 탁오수가 게임을 시작하고 난 뒤에 대여된 것들도 있었다. 어쨌든 탁오수는 시간 순서대로 목록을 다시 작성했고 그 결과 일정한 흐름을 발견할 수 있었다.

우선 제목에 '죽음'이 들어가는 책들을 가나다순으로 읽은 것으로 보아 그것이 키워드라는 것을 알아냈다. 다음으로 읽은 책들을 살펴보니 차례나 머리말, 작가의 말, 해설 등에서 '죽음'이 주요 주제로 등장하는 것들이었고 역시 가나다순이었다.

탁오수는 여기까지 말하고는 한숨을 푹 내쉬었다.

"그다음부터는 정말 어려웠어. 가나다순도 아니고 키워드하고도 별로 상관이 없어 보이더라고. 그래서 처음에 썼던 방법을 다시 썼지. 결국 거기부터는 그전까지 네가 읽은 책들의 관련 서적들, 즉 같은 저자의 책이나 참고 서적, 혹은 본문에서 언급된 책들로 이루어져 있다는 걸 알아냈어. 그리고 최근엔 처음으로 돌아가서 읽었던 책들을 다시 읽고 있다는 것도. 마침내 나는 네가 이번에 『응급실 리얼 스토리—삶과 죽음의 교차점』을 읽을 거라는 걸 맞힐 수 있었어."

탁오수는 진심으로 기뻐하는 것 같았다. 장난스럽게 진정수의 어깨를 툭 치기까지 했다. 진정수는 그렇게 할 일이 없냐고 쏘아붙이고는 벌떡 일어섰다. 실은 얼이 빠질 만큼 당혹스러웠다. 그는 한 번도 누군가의 관심이 온통 자신에게 쏠려 있는 상황을 겪어본 적이 없었다. 탁오수는 정색하며 사과했다. 어려운 게임을 마침내 클리어했다는 반가움을 전하고 싶었을 뿐 결코 진정수의 독서를 가볍게 여긴 건 아니라고 했다. 진정수는 아무런 대꾸 없이 교실 쪽으로 황망히 걸음을 옮겼다. 탁오수는 재빨리 따라붙어서는 진정수가 예순일곱번째에 읽은 소설에 대해 이야기했다. 그 책에 등장하는 X라는 여자가 유독 인상 깊었다고 했다. X는 '편측 공간 무시증'이라는 병에 걸려 오른편 공간을 인식하지 못하는 인물이었다. 시력을 잃은 것도 아닌데 그녀에게는 오른쪽 세계가 존재하지 않았다.

"만약에 말야, 내가 그 병에 걸렸다면, 그리고 누군가를 통해 그 사실을 듣게 된다면 나는 그 공간이 그곳에 있다는 걸 나에게 어떻게 증명할 수 있을까? 아니, 아예 우리 모두가 그 병에 걸렸다면 우리는 세상의 반쪽이 우리의 인식 너머에 존재하고 있다는 걸 어떻게 알 수 있지?"

미숙한 녀석이라고, 진정수는 생각했다. 그의 물음은 상상의 영역에서 얼마든지 가지고 놀 수 있는 호기심에 불과한 것이었고, 생존의 위기에 맞닥뜨린 진정수로서는 그러한 유희에 동참할 여유가 없었다. 그런데 그것과는 별개로 탁오수가 신경쓰이기 시작한 건 사실이었다. 안경알의 흠집처럼 탁오수가 계속 시야에 잡혔다. 그것이 귀찮다면 그저 안경을 벗어버리면 될 일이었지만 진정수는 이미 어떤 의미로든 자신이 신경을 쓰고 있다는 사실을 거슬려는 단계로 넘어가 있었다. 그것은 곧 문제의 초점이, 자신이 탁오수의 틈입으로 인해 미세하게나마 균열을 경험했다는 자각에서, 자신의 세계가 생각만큼 견고하지 않을지도 모른다는 해석으로 옮겨갔다는 뜻이었다. 다시 말해서 탁오수를 외면하고 안 하고는 더이상 핵심이 아니었다. 앞으로를 위해서라도 이 최초의 균열을 확실히 짚고 넘어가지 않으면 안 될 터였다.

탁오수는, 어떻게 그동안 그를 단 한 번도 의식하지 않을 수 있었을까 싶을 만큼 존재감이 도드라지는 녀석이었다. 몸집이 그리 큰 편은 아니었으나 또래보다 훌쩍 큰 키도 그렇고 우렁우렁한 목소리며 분위기를 주도하는 재치 같은 것들이 시선을 끌기에 충분했다. 무엇보다 시비를 걸어온 유도부원 일곱 명을 단박에 내팽개쳐 '전설의 주먹'으로 불리는 박아무개 선배가 무슨 이유에선지 유독 탁오수에게만큼은 나긋하게 대하는 터라 전교에서 그를 모르는 사람이 없을 정도였다. 진정수 역시 언젠가 그런 소문을 언뜻 들었는데 그게 탁오수인지는 그때 알았다. 물론 그의 주변에 친구들이 모여드는 건 꼭 그 때문만은 아닌 것 같았다. 대화를 나눌 때 그에게서 배어나는 친화력과 오직 너에게만 관심이 있다는 듯 상대의 이야기에 몰입하는 집중력은 그 누구의 마음이라도 움직일 수 있을 것이 분명했다.

그러나 관찰을 끝내고 난 후에도 탁오수에 대한 진정수의 소감은 역시 미숙하다는 것이었다. 진정수에게 탁오수는 끊임없이 타인의 관심을 필요로 하는 어쭙잖은 인기인으로 보였고 그가 한동안 빠져들었다는 게임 역시 같은 맥락의 시도였으리라 판단 내렸다. 자신이 처음부터 그런 결론을 준비하고 있었다는 건 나중에야 깨달았지만 아무튼 진정수는 그 정도의 틈입은 죽음과 자신의 관계에 그렇게 치명적이지는 않다고 믿게 되었다.

탁오수는 그후로도 진정수에게 무슨 책을 읽는지 묻곤 했는데 진정수가 침묵으로 일관하자 차츰 말을 건네는 횟수가 줄어들었다. 그리고 어느 날 진정수는 탁오수가 말했던 소설책을 다시 읽게 되었다. X의 이야기가 나오자 진정수는 주춤했다. 당신이 나라면, 이라고 X가 묻고 있는 것 같았다. 그 질문은 마지막 장을 덮을 때까지 머릿속을 떠나지 않았다. 영양분을 보충하듯 죽음에서 탄생한 텍스트들을 맹렬히 집어삼켜왔던 진정수는 결국 소화불량에 걸린 것처럼 다음 책을 흡수하는 데 실패하고 말았다.

이학기 기말고사를 치른 날 진정수는 하굣길에 탁오수를 불러 세워 다짜고짜 네가 했던 질문을 생각해봤다고 말했다. 탁오수는 어제 있었던 일처럼 금방 알아듣고는 반색하며 자신도 계속 생각 중이라고 했고 답이 나왔느냐고 물었다. 진정수는 머뭇거리다 답을 얻지는 못했다고 했다.

"상상은 해봤는데 그다음은 모르겠더라. 애초에 질문 자체가 말이 안 되는 거라고 부정하는 것 말고는 할 수 있는 게 없었어. 그래서 짜증이 나기도 했는데, 그러고 나서는…… 약간 무서웠어."

탁오수는 손뼉을 한 번 딱 쳤다. 그 행동이 어떤 의미인지 이해가 안 가 진정수는 긴장했다. 부지중에 탁오수가 동조해주길 기대한 모양이었다. 둘은 침묵한 채 걷기만 했다. 그러다 문득 탁오수가 걸음을 멈추고는 혼잣말처럼 중얼거렸다.

"그래, 무서운 거였어."

"어째서 무서운 거지?"

진정수가 묻자 탁오수는 손뼉을 힌번 더 치며 웃음을 터뜨렸다.

"나도 방금 그걸 물어보려고 했어."

탁오수의 웃음소리는 길게 이어졌고 진정수의 입가에도 엷은 미소가 번졌다. 순간 진정수는 자신에게도 친구가 생겼다는 걸 알았다.

탁오수는 진정수를 기억해냈다. 어떻게 그 이름을 잊을 수 있었는지 믿어지지 않았다. 진정수에게 탁오수가 첫 친구였던 것처럼 탁오수에게도 진정수가 진정한 첫 친구였다.

하긴. 벌써 사십 년도 더 된 일이었다. 잊었다는 자각도 없이 애초에 존재하지 않았던 것처럼 기억에서 말끔히 사라진 건 그 일뿐만이 아닐 터였다. 시간은 언제나 쏜살같지만 인생은 의외로 길다.

중학교의 마지막 겨울방학을 며칠 앞두고 진정수는 종적을 감추었다. 진정수의 반 녀석들 누구도 그의 사정을 알지 못했다. 그들에게는 그가 불현듯 사라진 것이 별일 아닌 듯 보였다. 진정수의 담임선생을 찾아갔으나 역시 아무것도 듣지 못했다. 네가 그 녀석과 친구라고? 선생은 세 번이나 그렇게 물었다. 집주소와 전화번호라도 알려달라고 하자 선생은 그를 물끄러미 바라보았다.

"너와 그 녀석은 친구가 될 수 없다."

"뭐라고요?"

"애초에 길이 달라."

그러든 말든 알려달라고 했으나 선생은 단호했다.

"친구라는 녀석이 주소도 전화번호도 모른단 말이냐?"

탁오수는 어느 밤 교무실에 숨어들어 학적부에서 진정수의 주소와 전화번호를 알아냈다. 확인해본 결과 둘 다 잘못된 기록이었다. 전화번호는 없는 번호였고 주소를 보고 찾아간 집에는 진정수라는 이름을 들어본 적도 없는 사람들이 살고 있었다.

"그때 무슨 일이 있었던 거냐."

탁오수가 묻자 진정수는 말없이 술잔을 비우며 야릇한 미소를 지었다.

"형이 죽었어. 아니, 정확히는 내가 형을 죽였지."

진정수는 어느 날 갑자기 집으로 돌아온 형과 몸싸움이 붙었다. 한순간 형이 진정수를 때려눕혀 그를 깔고 앉아 목을 조르기 시작했다. 형의 손을 풀려고 안간힘을 썼지만 역부족이었다. 뭐든 손에 잡히는 대로 쥐고 휘둘렀는데 어느 순간 형의 손아귀가 느슨해지면서 형이 뒤로 풀썩 쓰러졌다. 진정수도 정신을 잃었다. 연필로 목의 급소를 찔렀다는 건 나중에 조사를 받으며 알았다. 정당방위가 인정되어 형을 살지는 않았다.

날 찾아오지 그랬어.

탁오수는 그렇게 말하려다 말았다.

"그동안 잘 살았냐?"

진정수가 물었다.

"어떻게 보이냐."

진정수가 픽 웃었다.

"연극 같은 걸 하고 있을 줄은 몰랐어."

탁오수도 픽 웃었다.

"안 어울리냐?"

"글쎄. 하지만……"

"하지만 뭐."

"글을 쓰면 잘 쓰겠다 생각한 적은 있지."

"글을 쓰겠다고 한 건 너였어."

"그랬나?"

"그랬어."

진정수는 술잔을 연거푸 세 잔 비운 뒤 또 픽 웃었다.

"그래서 그 녀석이 글을 쓴다고 그 난리로군."

"그 녀석?"

"딸내미가 하나 있어. 이름이 영희야. 지 엄마 이름이 영희였어. 그 녀석을 낳자마자 죽었지. 그 녀석을 낳느라고 죽었어. 나를 많이 사랑해준 여자였는데, 그런 여자는 처음이었는데, 죽어버렸어. 그래서 이름을 영희라고 지었어. 영희야, 영희야, 부를 때마다 그 녀석을 죽여버리고 싶은 걸 참을 수 있을 것 같았거든. 영희를 죽일 수는 없으니까. 그래서 하루에도 수십 번씩 녀석의 이름을 불러. 지금도. 매일매일. 영희야, 영희야. 녀석이 앞에 없어도 영희야, 영희야. 그런데도……"

진정수는 다시 술잔을 연거푸 세 잔 비운 뒤 픽 웃었다.

"이봐, 친구. 사람을 죽이는 게 얼마나 간단한 일인지 알아?"

진정수는 계속 픽 픽 웃었다.

"진짜로 어려운 건 죽는 거지. 그게 제일 쉬울 줄 알았는데, 아니더라고."

그러고는 한참 동안 입을 닫고 있었다. 술잔은 더욱 빠른 속도로 쭉쭉 비워졌다.

"말이 없는 아이야. 공부에도 관심이 없고, 친구도 안 사귀고, 맨날 방구석에만 틀어박혀 뭘 하는지 모르겠더니 어느 날인가는 작가가 되겠다고 하더군. 우리 핏줄에 웬 작가 그랬는데 아주 뜬금없는 소리는 아니었나보네."

탁오수는 평소와는 달리 술이 잘 들어가지 않았다. 진정수는 두 시간 동안 소주 일곱 병을 해치웠다. 안주는 거의 그대로 남았다.

헤어지기 전 진정수는 탁오수를 와락 끌어안았다.

"너, 아직도 내 친구지?"

"당연하지."

택시에 오른 진정수는 창을 내리고 말했다.

"그 연극 말야. 〈알제리의 유령들〉. 실은 그거 오늘까지 열 번 봤는데 무슨 말인지 잘 모르겠더라. 산다는 게 의미가 있다는 건지 없다는 건지. 뭘 어떻게 하라는 건지. 뭐 내가 무식해서 그런 거셌지."

그게 마지막이었다. 진정수는 또 보러 오겠다는 약속과는 달리 그후로 극장에 나타나지 않았고 그대로 연락이 끊겼다.

진정수에게 편지를 받은 건 탁오수가 제주도에 내려온 지 사년째 되던 해였다. 진정수는 〈알제리의 유령들〉을 상연했던 극장으로 편지를 보냈고, 편지는 그곳에서 일하던 이들 몇 사람을 거쳐 이리저리 옮겨지다가 탁오수에게 닿았다. 편지 내용은 아주 짧았다.

영희를 부탁해.

편지를 보낸 건 두 달 전이었다. 탁오수는 봉투에 쓰인 주소로 찾아가보았다. 진정수는 이미 죽은 뒤였고 영희가 탁오수를 맞았다. 사인을 묻자 영희가 말했다.

"사람이 죽는 데 무슨 이유가 있나요?"

편지를 건네자 영희는 아주 긴 글을 읽는 듯 오랫동안 그것을 들여다보고는 원래대로 접어 봉투에 넣은 뒤 돌려주었다. 원하면 가져도 좋다고 하자 영희는 고개를 저었다.

"저에게 보낸 편지가 아닌데요."

무슨 말을 해야 할지 몰라서 탁오수는 그대로 가만히 앉아 있었다. 영희도 말없이 앉아 있다가 커피를 한 잔 타왔다.

"와주셔서 감사합니다. 하지만 전 성인이고 누군가의 도움은 필요 없어요. 아저씨가 누군지도 모르고요."

탁오수는 천천히 커피를 다 마신 뒤 자리에서 일어섰다. 집에서 나오기 전 영희에게 휴대폰 번호를 물었다. 영희는 거절했다.

"네가 걱정돼서 그러는 게 아니다. 내가 걱정돼서 그런다."

영희는 무표정한 얼굴로 탁오수를 우두커니 바라보았다.

"미안한 마음으로 사는 게 얼마나 어려운 일인지 너는 모른다."

영희는 여전히 같은 표정이었다.

"무슨 말인지 모를 때는 그냥 어른 말을 듣는 게 좋다. 네 아버지는 그런 것도 안 가르쳤냐?"

탁오수는 영희에게 휴대폰을 건넸고 영희는 잠깐 망설이다 자신의 번호를 입력했다. 탁오수는 통화 버튼을 눌러 영희의 휴대폰이 울리는 것을 확인한 뒤 말했다.

"나는 탁오수다. 일주일에 한 번씩 메시지를 보내라. 뭐라고 보내야 할지 모르겠으면 '안녕하세요, 저는 잘 지내고 있습니다'라고 보내라."

영희가 가만히 있자 탁오수는 버럭 소리쳤다.

"알았어?"

"……네."

*

"그리고요? 영희씨는 그후로 어떻게 살았습니까?"

탁오수가 방문을 벌컥 열고 나왔다. 그는 절반쯤 감긴 눈으로 나를 멀거니 내려다보다 허허 웃었다.

"또 그 소리야?"

한은조가 따라 웃었다.

"새벽에 이미 했어요, 그 질문."

이런.

한은조는 밥상을 다시 차려 내왔다. 그동안 탁오수는 샤워를 하고 돌쇠에게 밥을 주었다. 나는 잘린 이야기가 이어지길 기다리느라 시선을 어디에도 내려놓지 못하고 있었다. 탁오수가 밥상 앞에 앉으며 말했다.

"그 질문에 내가 뭐라고 대답했는지 궁금해 죽겠나?"

"아, 그게……"

"잘 지냈다는 거 말고는 나도 몰라."

"잘, 지냈나요?"

"그렇다는 거 외엔 들은 바가 없으니까."

"아."

"정 궁금하면 자네가 가서 직접 물어보든가, 까지 이야기했네."

온몸에서 힘이 쑥 빠져나갔다.

"뭔 놈의 사내 녀석이 그렇게 한결같이 풀이 금방 죽나."

앞선 밥상의 설거지를 마친 한은조가 다가와 앉으며 말했다.

"말 거는 게 어색하면 삼촌을 팔아도 좋다고도 하셨잖아요."

"아, 아닙니다."

"일단 볕을 좀 쬐게. 기운 나는 데는 그게 최고야. 마침 오늘 볕이 참 좋군."

마당으로 나섰다. 여지없이 돌쇠가 달려들었다. 내가 갈팡질팡하자 탁오수가 창 너머에서 소리쳤다.

"감당 안 되면 대문을 열어줘."

문을 채 다 열기도 전에 돌쇠는 틈을 뚫고 나가 순식간에 시야에서 사라졌다.

그의 말마따나 볕이 좋은 날이었다. 기운이 차오르는 대신 하염없이 나른해지긴 했지만.

담배를 피워 물며 텃밭 한쪽에 놓여 있는 일인용 나무의자에 앉았다. 다리들의 높이가 달라서인지 땅이 고르지 않아서인지 의자의 무게중심이 좌우로 왔다갔다했다. 미세한 흔들거림에 몸을 맡긴 채 담배 연기가 한순간 만들어내고 사라지는 오묘한 곡선들을 헐거운 시선으로 바라보았다. 사위가 물속처럼 고요했다.

이대로 제주도에서 영영 살아도 좋겠다는 생각이 들었다. 이미 잃은 사람들과 아직 잃지 않은 사람들과 결국 잃을 사람들과. 그렇게 모두와 함께.

3부

오수의 이야기

1

    독일의 철학자 카를 마르크스는 1882년 2월 프랑스를 떠나 알제리로 갔다. 당시 그는 예순세 살이었다. 두 달 전 아내 예니가 사망한 뒤로 그의 건강은 급속도로 나빠졌고 급기야 각혈까지 하자 보다 못한 친구 엥겔스가 알제리에서의 요양을 권했다. 알제리의 온화한 지중해성 기후가 마르크스의 병증을 가라앉히는 데 도움이 되리라고 여긴 것이었다. 그가 오랫동안 앓아온 늑막염과 기관지염, 그리고 그로 인한 불면증을 치료하던 의사도 같은 생각이었다. 알제리는 당시 프랑스와 영국에서 휴양지로 이름난 곳이었다.

    마르크스는 알제리의 수도 알제에 있는 빅토리아 호텔에 투숙했다. 가파른 벼랑에 위치한 터라 숙박비가 저렴했다. 무엇보다 공기가 맑고 전망이 좋아서 회복기의 환자들이 장기 투숙하곤 했다. 마르크스는 그곳에서 석 달을 머물렀다.

마르크스는 대부분의 시간을 숙소에 머물거나 근처를 산책하며 보냈다. 객실 테라스에서 지중해로 둘러싸인 알제 항만과 카빌리의 눈 덮인 주르주라산 정상을 바라보고 있노라면 자신이 환자라는 사실을 잊을 수 있었다. 그럴 때마다 아직 완성하지 못한『자본』2, 3권의 출간 준비와 1권의 개정판 준비도 할 수 있을 것 같았지만, 사실 그의 병은 조금도 나아지지 않은 상태였다. 알제는 유례없이 날씨가 좋지 않았고 일교차도 극심했던 탓에 호흡기의 병세는 악화되고 있었다. 시내에서 불러온 의사는 그에게 장시간의 독서와 집필을 삼가고 장거리 산책은 금하라고 충고했다. 사람들과의 담소도 될수록 피하라고 했는데 투숙객의 대개가 오만하고 겉멋 든 영국의 학자와 귀족들이었기에 그다지 아쉽지 않았다. 다만 책 읽기와 글쓰기를 참는 건 무척 곤혹스러웠다. 일은 하지 않고 돈만 축내면서 시간을 보내는 건 죽느니만 못하다는 생각이 들었다. 자괴감에 대한 반발로 의지를 내보려고 했지만 발작적으로 터지는 기침 때문에 이내 의식이 혼미해지곤 했다. 아내가 죽기 전에 마지막으로 했던 말이 떠올랐다. 카를, 기운이 없어요.

신문을 읽고 편지를 쓰는 것이 그가 할 수 있는 전부였다. 편지는 보통 사나흘에 한 번 정도 썼다. 대부분은 엥겔스에게 썼고, 딸 예니와 라우라에게도 종종 썼다. 상태가 안 좋아져 신문도 편지도

손댈 수 없는 시기에는 그들이 보내온 편지를 읽는 것으로 대신
했다.

4월이 되면서 마르크스의 건강은 약간 호전되었다. 날씨는 여
전히 하루에도 몇 번씩 변덕을 부렸으나 그래도 전보다는 맑은 날
이 많았고 전반적으로 기온도 올랐다. 무엇보다 배를 타고 삼십
여 시간에 걸쳐 대양을 건너느라 쌓인 여독이 이제야 간신히 풀리
고 있었다. 하지만 산책을 좀 멀리 나갈 수 있는 정도가 되었을 뿐
건강이 눈에 띄게 좋아진 건 아니었다. 알제리의 불안정한 날씨가
지긋지긋해 요양지를 옮기고도 싶었지만 그 길고 험한 여정을 다
시 겪어야 한다 생각하니 엄두가 나지 않았다.

그는 경전철을 타고 시내로 나가보기도 하고 근방의 식물원이
나 시골 마을을 둘러보기도 했다. 전보다 더 자주 편지를 썼고 밤
에 잠을 자는 날들이 많아졌다.

희곡을 쓰기 시작한 건 4월 중순경이었다. 희곡은 오랜만이었
다. 청년 시절엔 희곡을 무수히 썼다. 시와 소설을 쓰기도 했다. 아
내 예니와 연애를 할 때는 주로 시를 썼다. 시는 모두 편지가 되어
그녀에게 보내졌다. 데이트를 할 때는 소포클레스나 괴테의 희곡
을 주거니 받거니 낭독하곤 했다. 예니는 셰익스피어를 좋아했고
결혼한 뒤에는 연극 비평을 쓰기도 했다. 그녀의 글은 때때로 프랑
크푸르트 신문에 실렸다. 마르크스는 대담하면서도 꾸밈이 없고
세련된 은유를 절묘하게 사용할 줄 아는 그녀의 글을 좋아했다.

일부러 마음을 먹고 집필에 들어간 건 아니었다. 그는 그즈음 둘째 딸 라우라에게 편지를 쓰면서 아랍의 유명한 우화를 인용한 적이 있었다. 한 철학자가 강을 건너려고 나룻배에 올라 뱃사공과 대화를 나누는 내용이었다.

철학자 뱃사공이여, 그대는 역사를 아는가?
뱃사공 모릅니다.
철학자 그렇다면 그대는 인생의 반을 허비했네. 그대는 수학
　　　　공부는 했는가?
뱃사공 아니요.
철학자 그렇다면 그대는 인생의 반 이상을 허비했네.
　　그 순간 돌풍이 불어 배가 전복되고 두 사람은 물에 빠졌다. 뱃사공이 고함치며 물었다.
뱃사공 당신은 수영을 할 줄 아시오?
철학자 아니.
뱃사공 그렇다면 당신은 인생 전부를 허비했군요.

이미 있는 이야기를 옮겨 쓴 것이긴 했지만 쓰고 보니 더 쓰고 싶어졌다. 그 장면에서 대화를 이어보고 싶기도 했고 같은 등장인물의 다른 대화 장면을 써보고 싶기도 했다.
그렇게 펜을 들었다. 막상 펜을 들자 새로운 글을 쓰고 싶어졌

다. 처음에는 우화 정도의 길이가 되겠거니 했는데 닷새에 걸쳐 다 써놓고 나니 얇은 책 한 권 분량은 족히 되어 보였다. 이전의 작업 속도에 비하면 단시간에 엄청난 양을 쏟아낸 것이지만 출판을 염두에 두고 쓴 것이 아니라 대단한 집중력이 필요하지 않았기에 건강에 큰 해가 오지는 않았다.

아내 예니가 보았다면 무척 좋아했을 터였다. 신랄하게 혹평을 했을지도 몰랐다. 카를, 당신은 어차피 희곡으로는 돈을 못 벌 것 같으니 그냥 『자본』을 쓰는 데에나 집중하세요.

하지만 당신은 나의 희곡을 사랑했잖소.

맞아요. 앞으로도 영원히 그럴 거예요. 하지만 독자들은 내가 아니에요.

그녀는 정색했을 것이고 단호했을 것이다. 그러나 또 희곡을 써서 보여주면 좋아했을 것이다.

그녀가 그리웠다.

딸 예니에게 그것을 보내기로 했다. 예니는 그가 쓴 글은 뭐든지 좋아해주었다. 그런 점에서 제 어미를 닮기도 했고 안 닮기도 했다.

사랑하는 예니에게,

라고 편지를 시작하고 나자 그녀의 이름을 물려주길 잘했다는 생각이 들었다.

알제의 날씨와 자신의 건강 상태를 비롯한 근황에 대해 쓴 뒤 작품 소개를 하려던 참에 제목을 아직 붙이지 않았다는 것을 알아차렸다. 나중에 고칠지언정 제목을 정하지 않고 글을 완성한 건 처음이었다. 더구나 그 사실조차 까맣게 잊다니. 인지력이 떨어진 게 분명했다. 부끄럽고 속상했다.

제목은 좀처럼 떠오르지 않았다. 희곡을 처음부터 끝까지 세 번 다시 읽었다. 덕분에 오자를 고치고 문장을 다듬고 각주도 달게 되었다. 그러면서 분량이 좀더 늘어났다. 아무리 그의 모든 것을 사랑해주는 딸이라도 수정의 흔적을 고스란히 보여줄 수는 없기에 새 종이에 다시 옮겨 썼다. 다 쓰고 나서도 제목은 떠오르지 않았다.

산책을 나섰다. 걷고 걷고 걷다 문득 기본으로 돌아가자 싶었다. 이를테면 첫 문장으로. 별생각 없이 쓴 문장이지만 그 문장으로부터 시작된 글이었으니 그 문장에서 답을 찾는 게 맞다는 생각이 들었다. 모름지기 모든 글의 첫 문장은 글쓴이가 의식하든 의식하지 않든 언제나 그 글 전체의 본질을 규정하는 동시에 그 글이 쓰이게 된 최초의 동기를 드러내는 법이었다. 그러니 제목에 대한 착상은 첫 문장이 도와줄 것이었다.

첫 문장은 이러했다.

알제리에는 네 명의 유령들이 산다.

곧바로 제목이 떠올랐다.

알제리의 유령들.

마르크스는 당장 숙소로 뛰어가 희곡의 첫 장 맨 위에 제목을 쓴 뒤 예니에게 쓴 편지와 함께 우편 봉투에 넣었다.

릴리를 불렀다. 릴리는 빅토리아 호텔의 주인인 로살리 부인의 조카로, 객실 청소와 투숙객의 심부름을 하는 아이였다.

우체국이 있는 시내로 나가기엔 이미 해가 떨어지고 있어서 릴리는 다음날 편지를 보내기로 했다. 그런 일은 자주 있었고 하루 늦어진다고 해서 불평을 하는 손님은 없었다. 릴리는 치마의 앞주머니에 그것을 넣고는 저녁 일을 마쳤다.

방으로 돌아온 릴리는 책상에 마르크스의 편지를 꺼내놓다가 봉투가 평소와 달리 봉인이 안 되어 있다는 걸 알았다. 투숙객들은 대체 어떤 내용의 편지를 주고받는지 가끔씩 궁금했던 릴리는 자신이 그걸 꺼내 본다고 해서 흔적이 남을 리 없다는 걸 알면서도 허락도 없이 남의 편지를 보는 건 무척 나쁜 일이라고 배웠기 때문에 꾹 참고 잠자리에 누웠다.

잠이 오지 않았다. 딱히 그걸 읽어보고 싶어서는 아니었다. 평소에도 잠을 못 자는 날이 많았다. 그래도 대개는 아침이 되기 전에 잠들었는데 그날은 동이 틀 때까지 의식이 또렷했다. 릴리는 침대에서 일어나 책상 앞에 앉았다. 책상은 창밖을 향해 놓여 있었다. 양손에 턱을 괴고 해 뜨는 풍경을 바라보았다. 때마침 하늘은 보기 드물게 청명했다. 릴리의 눈동자가 점점 커졌다. 해가 신묘한 빛을 퍼뜨리며 어둠을 걷어내는 광경을 목격한 건 처음이었다. 어디선가 신의 영광을 찬양하는 천사들의 노랫소리가 울려퍼지는 것 같았다.

아.

외마디 탄성이 터지면서 오른손이 책상 위로 툭 떨어졌다. 손끝에 책상과는 다른 질감의 뭔가가 닿았다. 자신도 모르게 그걸 만지작거리다 미명이 완전히 지나간 뒤 내려다보았다. 마르크스의 편지였다. 자신이 뭔가 결정적인 순간에 놓여 있다는 경이감에 사로잡힌 릴리는 그 순간 자신에게 온 것들이 모두 운명으로 여겨졌다. 착각일 수도 있었다. 하지만 그러한 착각도 운명이라고, 그녀는 생각했다. 내처 봉투를 열었다.

종종 편지의 수신자로 봉투에 적혀 있던 이름, 예니 롱게가 그의 딸이라는 걸 처음 알았다. 성이 다르니 아내는 아닐 테고 어쩌면 연인일지도 모른다고 생각했다. 불륜을 상상했다. 그는 그녀의 남편에게 들켜 이곳으로 도망쳐 왔을 것이다. 아니면 그녀는 미성년자일 수도 있었다. 고향을 떠난 건 그녀의 부모가 그의 사회적 지위를 빌미로 입막음값을 요구한 탓이리라. 아니, 유부녀든 미성년자든 혹은 멀쩡한 처녀였더라도 여자가 덜컥 아이를 갖는 바람에 겁이 나서 줄행랑을 쳤는지도 몰랐다. 유럽에서는 꽤나 이름난 학자라고 들었지만 빅토리아 호텔에 묵는 학자들이란 하나같이 어딘가 비겁하고 끈적끈적하고 꼬일 대로 꼬인 신경증 환자들뿐이었으니까. 그녀를 유혹해 데리고 잘 기운도 없으면서 마치 마음만 먹으면 언제든 너 따위는 한입에 삼킬 수 있다는 듯이 거드름을 피우는 족속들. 그녀로서는 도무지 알아들을 수 없는 고상한 어휘들을 구사하는 것으로 그녀의 기를 죽이려 드는. 그럼에도 그녀가 아랑곳하지 않으면 금세 얼굴이 시뻘게져서는 로살리 이모를 불러 아이가 아주 되바라졌으니 교육 잘 시키라고 호통치는. 그러면서 밤이 되면 그녀의 벗은 몸을 상상하며 수음을 할.

마르크스는 좀 다르긴 했다. 우편 심부름을 부탁할 때가 아니면 그녀를 따로 부르는 일도 없었고 우연히 마주쳐도 간단한 안부 인사만 할 뿐 의미심장한 눈길로 그녀의 몸을 더듬거나 철학과 시 따위로 잘난 체를 하지도 않았다. 딱 한 번 그녀를 불러 세워 나이를 묻긴 했다.

"열다섯이에요."

"기특하구나."

그게 다였다. 그는 천천히 고개를 끄덕인 뒤 그녀를 지나쳐 호텔을 나섰다. 그녀는 몸을 돌려 그의 뒷모습을 잠깐 바라보았다. 비가 올 날씨이니 우산을 가지고 가라고 말하려다 말았다.

편지는 두 장으로 끝나 있었다. 다음 장부터는 그가 편지에서 설명한 희곡이 쓰여 있었다. 독일어는 아직 서투른 터라 절반 이상은 무슨 말인지 이해할 수 없었다. 독일어를 공부하기 시작한 건 한 해 전이었다. 프랑스어와 영어만 알고 있으면 투숙객과 대화하는 데 별문제가 없었는데, 호텔에 머물던 오십대의 독일인 학자가 독일어를 못 알아듣는 릴리를 꾸중하며 로살리 이모에게 아이를 제대로 가르치라고 충고한 적이 있었다. 그가 릴리에게 돈을 주며 안마를 부탁했는데 릴리가 안마는 할 줄 모른다면서 거절한 뒤의 일이었다. 그는 언젠가 릴리에게 알제리 여자들은 몇 살 때 멘스를 시작하냐고 물은 적이 있었다. 독일 남자들은 몇 살 때까지 그런 걸 궁금해하나요? 릴리가 받아치자 그는 상기된 얼굴로 웃음을 터뜨렸다. 그 순간 그의 시선이 릴리의 치마 밑 종아리를 훑었다는 걸 릴리가 모를 리 없었다.

그런 사연을 알지 못했던 로살리 이모는 그가 릴리에게 공짜로 독일어를 가르쳐주기로 했다면서 더없이 좋은 기회라고 했다. 릴리는 단박에 거절했다.

"독일어는 관심 없어요."

거짓말이었다. 릴리는 독일어를 배우고 싶었다. 그가 자기의 목적을 이루기 위해 가져다 댄 핑계임을 알고 있었지만 릴리는 내심 자존심이 상했다. 적어도 그런 이유로는 모욕당하고 싶지 않았다. 일이 서툴다든가 게으르다든가 예의가 없다든가 하는 이유보다 훨씬 질이 나쁘다고 생각했고 그렇다는 걸 대놓고 말할 수 없다면 그런 것이 모욕의 빌미가 되도록 놔두고 싶지 않았다.

며칠 뒤 릴리는 우편 심부름으로 시내에 나갔다가 서점에 들러 독일어로 된 책을 한 권 샀다. 하인리히 하이네의 『독일. 어느 겨울 동화』였다. 릴리의 부탁으로 서점 주인이 책장에 꽂혀 있는 독일어 책들의 제목을 하나하나 번역해서 말해주었는데 릴리는 그 제목이 가장 마음에 들었다. 어딘가 굉장히 아름다운 이야기일 것 만 같았다. 서점 주인은 어린 여자아이가 독일어 책을 찾는 것이 무척 신기해 보였다. 무엇보다 문득 눈을 빛내며 "그 책을 주세요" 라고 말하는 모양새가 더없이 사랑스러웠다. 책을 포장하며 그는 릴리에게 그 책이 필요한 이유를 물었다. 독일어를 배우고 싶어서 라고 하자 그는 훗 웃더니 잠시 뭔가를 궁리하고는 물었다.

"너, 프랑스어는 할 줄 아니?"

"네."

"읽을 줄도 알아?"

"네."

그는 책장에서 책 한 권을 찾아 건넸다. 프랑스어 책이었다. 들 여다보니 제목이 '독일. 어느 겨울 동화'였다. 릴리는 고개를 저 었다.

"돈이 없어요."

"돈 안 줘도 돼."

"네?"

"그냥 너 가져."

"왜요?"

"네가 예뻐서."

공짜라니 잠깐 흔들렸지만 예뻐서 준다는 말은 마음에 들지 않왔다. 릴리는 다시 고개를 저었다.

"됐어요."

"독일어를 배우고 싶다면서."

"그래서요?"

"어떻게 배울 건데?"

"네?"

서점 주인은 또 훗 웃었다.

"시를 고른 건 참 잘한 일이다."

릴리는 그것이 시라는 걸 그때 알았다.

"아무래도 대조가 편하니까."

"네?"

"두 권을 나란히 놓고 읽어보렴. 그래야 어떤 단어가 무슨 뜻인지 알 거 아니냐."

"아."

릴리는 주춤주춤 손을 내밀어 책을 받으려다 말고 문득 고개를 들어 그의 눈을 바라보았다. 그를 정말 믿어도 될지 판단이 서지 않았다.

"필요 없으면 안 가져가도 된다."

그가 손을 거두려고 하자 릴리는 잽싸게 책을 낚아챘다.

"감사합니다."

그가 또 훗 웃었다.

프랑스어판을 먼저 읽었다. 읽을 수는 있었지만 내용을 이해하기는 쉽지 않았다. 처음 보는 단어도 꽤 많았다. 얼마 후 릴리는 다시 서점에 들러 같은 책의 영문판이 있는지 물었다. 서점 주인은 없다고 말하며 이유를 물었다. 릴리가 사정을 털어놓자 다음에 올 때 프랑스어판을 가지고 오라고 했다. 며칠 뒤 서점 주인은 릴리가 가지고 온 프랑스어판에 릴리가 모른다는 단어들의 뜻을 알제리어로 적어주었다. 릴리는 석 달 만에 프랑스어판과 독일어판을 모두 외웠다. 같은 방식으로 독일어 책을 세 권 더 읽었다. 발음을 배운 건 아니라서 대화를 나눌 수 있게 된 건 아니었지만 어쩐지 그 독일인 학자에게 제대로 복수를 한 기분이 들었다.

『알제리의 유령들』을 읽으며 릴리는 독일어 책을 네 권 외운 것으로 독일어를 안다고 할 수는 없다는 걸 알았다. 더구나 희곡은 처음이었다. 딱 한 번뿐이긴 했지만 연극을 본 적은 있었다. 〈안티고네〉라는 연극이었다. 사실 누구에게도 말해본 적 없었지만 릴리의 꿈은 연극배우였다. 언젠가 호텔에 묵었던 손님 중에 알리스라는 프랑스 여자가 있었는데 그녀의 직업이 연극배우였다. 그녀는 릴리를 무척 아꼈다. 당돌하면서도 예민하고 언제나 적개심 가득한 눈빛을 띠고 있는 모습이 어릴 적 자신을 닮았다고 했다. 프랑스어를 가르쳐준 것도 그녀였다. 그녀가 배우가 되고 첫 주연을 맡은 연극이 〈안티고네〉라고 했다. 그녀가 프랑스로 돌아간 뒤 반년쯤 지나 그녀에게서 편지가 왔다. 다시 〈안티고네〉의 주연을 맡게 되었는데 한 달쯤 뒤에 알제에서 공연할 거라고 했다. 극장 매표소에서 자신의 이름을 대면 공짜로 들여보내줄 거라고도 했다. 릴리는 그렇게 그 연극을 보았지만 그녀가 무대에 선 모습은 보지 못했다. 알제에 오기 보름 전 그녀가 세상을 떠났다고, 극장 관계자가 알려주었다. 죽기 전 그녀가 릴리에게 가장 좋은 자리를 내어주라고 했다는 것도. 릴리는 울지 않았다.

릴리가 울음을 터뜨린 건 안티고네가 이렇게 말했을 때였다.

"내가 어떤 신의 법을 어겼다는 것입니까? 불운한 나는 어째서 계속 신들에게 매달려야 할까요? 누구에게 도움을 청해야 할까요? 신을 경배했기 때문에 나는 불경건의 죄를 받았으니까요. 하지만 이런 일들이 신들의 눈에 바른 일로 보인다면, 내가 처벌을 당할 때 나도 내 죄를 알게 되겠지요. 하지만 만일 이 사람들이 죄를 지고 있다면, 그들이 부당하게도 나에게 당하게 한 것과 똑같은 앙화를 당하게 하여주소서."

그것은 알리스가 가장 좋아한다던 대사였다. 알리스는 호텔을 떠나기 전 그 대사를 프랑스어로 적어 릴리에게 선물로 주었다.

『알제리의 유령들』의 전체 내용은 파악하지 못했지만 '알제리'라는 술집이 배경이고 등장인물이 모두 네 명이라는 건 알 수 있었다. 그들은 자신들이 어떻게 알제리에 오게 되었는지 기억하지 못하는 듯 보였다. 그리고 마치 노래의 후렴구처럼 어떤 대사들이 반복해서 등장했다. 어려운 단어가 없는 대사였기에 그 부분은 정확히 이해했다.

그나저나, 여긴 어디죠?

그러게요, 여기가 어디였죠?

알제리.

맞다, 알제리.

우리는 어떻게 이곳에 왔나요?

그러게요, 우리가 왜 이곳에 있죠?

나가고 싶어요.

나도 그렇습니다.

릴리는 이 대사가 나올 때마다 소리 내어 읽었다. 발음이 맞는지는 알 수 없었다. 읽으면서, 그래, 이곳은 알제리지, 속으로 읊조렸다. 마찬가지로 읽는 데 별 어려움이 없었던 장면들 중 릴리는 다음의 대화가 가장 마음에 들었다.

비밀을 알려주세요.

무엇에 관한 비밀을 말이죠?

무엇이든.

모순을 발견하십시오.

그럴 테니 이름을 지어주세요.

이름이 왜 필요하죠?

용기를 내야 하니까요.

알겠습니다.

내 이름은 무엇인가요?

하모니아.

당신은 누구죠?

나는 누구입니까?

프레드.

의미를 정확히 이해할 수는 없었지만 서로의 이름을 지어준다는 건 아주 멋진 일 같았다. 무엇보다 이름이란 용기를 내기 위해 필요하다고 말하는 부분이 좋았다. 자신의 이름이 그저 우연히 생긴 게 아니라고 생각하니 어딘가 뭉클했다.

희곡을 처음부터 끝까지 제대로 읽어보고 싶었다. 하지만 몇 시간 뒤면 프랑스로 보내야 했다. 릴리는 필사를 하기로 했다. 필사는 생각보다 시간이 오래 걸렸고 릴리는 결국 이틀만 더 그것을 가지고 있기로 했다. 누구에게도 말하지 않는다면 누구도 모를 것이었다.

릴리의 예상대로 아무 일도 일어나지 않았다. 로살리 이모나 마르크스는 평소와 마찬가지로 편지를 잘 보냈는지 묻지 않았고, 이틀이 늦어지긴 했지만 편지는 무사히 우체국에 접수되어 프랑스로 보내졌다.

2

박선우가 『알제리의 유령들』을 발견한 건 1983년이었다. 우연이었다. 파리의 소르본 대학교 근처 헌책방에서였다. 고등학교 프랑스어 교사인 그는 방학을 맞아 프랑스를 여행하던 중이었다. 마르크스의 저작 중 희곡이 있었다는 걸 그때 처음 알았다. 희곡은 책 절반 정도 분량이었고 나머지 절반은 해설로 채워져 있었다. 그는 그 자리에서 책을 완독했다.

첫 문장은 『공산당 선언』의 처음과 비슷해 보였다. 유령 하나가 유럽을 배회하고 있다. 누군가의 칼럼에 인용된 문장이라 기억하고 있을 뿐 아직 전체를 읽어보지는 못했다. 한국에서는 금서로 지정된 탓에 구하기가 쉽지 않았다. 그는 전날 다른 서점에서 『공산당 선언』을 구입한 참이었다. 귀국 절차를 밟다가 발각될 것을 염려해 남은 여행 기간 동안 필사를 해서 가지고 갈 계획이었다. 그것이 무엇이냐 물으면 직업을 밝힌 뒤 긴 비행시간이 지루하여 그냥 끼적여본 낙서라고 둘러댈 생각이었다. 내친김에 『자본』도 살까 싶었다. 한 해 전 지인의 지인을 통해 한국어 번역본의 해적판을 얻었는데 오역으로 보이는 괴상한 문장들이 곳곳에서 발견되었다. 원본과 대조하여 바로잡고 싶었지만 아무래도 필사는 무리일 것이라 포기했다.

『알제리의 유령들』은 앞에서 주기적으로 되풀이된 대사가 또 한번 반복되며 끝났다. 그나저나, 여긴 어디죠? 그러게요, 여기가 어디였죠? 알제리. 맞다, 알제리.

그들은 알제리를 벗어나지 못했다. 그곳에 갇히게 된 이유도, 자신들이 그곳에서 무엇을 하고 있는지도 알아내지 못했다. 우울한 결말이었다. 어쩐지 마르크스답지 않다고, 박선우는 생각했다. 하지만 그렇고 해서 아무것도 변하지 않은 채 이대로 모든 것이 끝날 거라는 비관을 한 번도 품지 않았을 리 없었다. 물음과 답은 동어반복이 되고 마음은 정처를 잃고. 그것은 누구나 빠질 수 있는 지극히 보편적인 함정이었다. 아니, 운명일까? 누구도 끝내 피할 수 없는 태생적인 운명 같은 것. 그는 그런 걸 말하고 싶었던 건지도 몰랐다.

하지만 변화가 불가능한 운명이라니. 역시 마르크스답지 않았다.

해설을 쓴 이의 분석은 전혀 달랐다. 릴리 뮐러라는 알제리 출신의 독일 작가였다. 그녀의 말에 따르면, 알제리는 네 명의 주인공에게 일종의 휴게 공간이었다. 그들이 모두 과거를 기억하지 못한다는 것이 그 이유였다. 자신이 지나온 시간을 기억하고 있는 이상 온전한 휴식은 불가능하니까. 기억으로 인해 사람은 자신의 모든 것이 변해도 계속해서 자기를 일관된 자기로 느낄 수 있고, 따라서 인간의 가장 큰 피로감은 바로 그 자기감에서 벗어날 도리가 없는 데서 오기 때문에. 그러므로 그들은 알제리에 갇힌 것이 아니라 자기라는 폐쇄된 시간 속에서 빠져나온 것이었다. 그러나 그것이 자유는 아니었다. 자유는 역설적이게도 다시 그 시간 속으로 들어가야 얻어질 수 있는 것. 자기가 이전의 자기와는 전혀 무관한 자기로 존재했던 기억을 가지고 다시 이전의 자기로 합류할 때 비로소 자기와 비자기에 폐쇄되었던 자기가 자기이기도 하고 자기가 아니기도 한 자기가 될 수 있고, 그때 경험되는 것이 자유였다. 그 과정은 얼마든지 반복될 수 있었다. 반복될수록 자기를 규정하던 한계는 확장될 것이며 그만큼 자유의 크기는 커질 것이었다. 자유는 완결의 개념이 아니므로. 완결은 곧 폐쇄이며 그렇다면 그것은 이미 자유가 아닐 테니.

마르크스의 희곡보다 어렵게 읽혔다. 얼핏 말장난 같기도 했다. 그래도 아주 농담 같지는 않았다.

시간에 대한 이야기가 이어졌다. 요약하면 이런 것이었다. 그들이 유령인 이유는 과거가 없기 때문이며 과거가 없다는 것은 한정된 시간 밖으로 나와 무한의 존재가 되었다는 뜻이다. 몸은 고통을 느끼지 못할 것이고 그들은 영원히 죽지 않을 것이다. 대부분의 장면에서 그들은 달콤한 술과 다채로운 안주를 벗삼아 다만 시간을 때우기 위한 농담 같은 말들을 주고받으며 하하 호호 웃는다. 마치 아무 일도 일어나지 않은 것처럼. 그러다 문득 자신들이 무엇을 모르고 있는지 기억해낸다. 공간을 묻고 인과를 묻고 서로에게 이름을 지어준다. 규정하고 규정되기를 시도함으로써 무한의 휴식을 끝내려는 것이다. 자신을 발견하기 위해서. 그것은 시간 속에서만, 다시 말해 역사를 통해서만 가능한 일이므로. 그것이 바로 마르크스가 사람을 사랑하는 방식이라고, 그녀는 말하고 있었다. 그리고 그것은 사랑을 해본 자만이 할 수 있는 선택이라고 했다.

글은 마르크스가 알세리에서 희곡을 쓸 당시의 상황으로 넘어갔다. 그가 죽기 한 해 전이었다. 열다섯 살의 릴리 뮐러가 본 마르크스는 말이 없고 무척 우울한 인상이었지만 언제나 예의가 발랐고 친절했다. 추측했던 것보다 그가 훨씬 대단한 학자였다는 건 그녀가 성인이 되고 난 뒤에야 알았다. 그가 어떤 삶을 살았는지는 좀더 나중에 알게 되었다고 했다.

마르크스에게는 추방과 죽음과 가난이 늘 따라다녔다. 그의 조국인 독일을 비롯해 프랑스와 벨기에도 그를 추방했고 일곱 아이를 낳았으나 그중 넷을 잃었다. 셋째 딸 프란치스카가 태어난 지 일 년 만에 죽었을 때는 관을 살 돈이 없어 이웃에게 이 파운드를 빌려 간신히 장례를 치렀다. 그는 여러 권의 책을 썼고 삼십대에 이미 독일과 프랑스와 영국 등지에 이름을 알린 학자였지만 그의 책은 잘 팔리지 않았을뿐더러 유명세가 돈을 벌어다주지도 않았다. 그는 가족의 생계를 위해 전당포를 들락거리기도 했고 미국 신문의 유럽 통신원으로 일하기도 했다. 다행히 경제적으로 바닥을 칠 때마다 부자 친구인 엥겔스의 도움으로 위기를 넘겼다. 무엇보다 그에게는 여러 가지 의미로 서슬 퍼렜던 그 시절을 함께해준 아내 예니가 있었다. 예니는 귀족의 딸로 풍족하게 자랐다. 마르크스를 만나지 않았더라면 경험했을 리 없는 가난에 시달리면서도 그녀는 그를 원망하지 않았다. 언제나 그를 사랑하고 존경했다. 그녀의 사랑이 없었다면 그는 그 시간들을 버텨내지 못했을지도 몰랐다.

『알제리의 유령들』은 예니가 죽은 다음해에 쓴 희곡이었다. 릴리 뮐러가 훔쳐본 편지에는 그녀의 죽음이 그에게 어떤 의미인지 쓰여 있었다. 시간이 많이 흐른 탓에 정확히 어떤 문장들이었는지는 희미했지만 릴리 뮐러는 그가 자신을 가리켜 '유령'이라고 썼다는 건 또렷이 기억하고 있었다. 자신과 한몸이었던 예니가 떠남으로써 자신의 몸도 사라진 것이나 마찬가지이며, 그건 이미 죽은 상태나 다름없다는 뜻이라는 건 그의 표현이었는지 그의 글을 읽으며 그녀가 생각한 건지 헷갈린다고 했다.

나는 천 권의 책을 채울 수 있소. 그리고 언제나 거기엔 '예니'만을 적겠소.

이십대의 마르크스는 연인 예니에게 보내는 편지에 그렇게 썼다.

나는 눈을 감고 행복하게 미소 짓는 당신의 눈을 그려봐요. 그리고 내가 당신의 모든 것이고 다른 누군가에게는 아무것도 아니라는 게 기뻐요.

이십대의 예니는 연인 마르크스에게 보내는 편지에 그렇게 썼다.

두 사람은 칠 년간 연애를 했다. 결혼한 뒤에도 그들은 떨어져 있을 때마다 서로에게 끊임없이 편지를 썼다.

사랑합니다. 당신이 그립습니다.

릴리 뮐러는 그들이 어디에서도 볼 수 없는 특별한 사랑을 했다고는 여기지 않았다. 사랑의 대상이 반드시 연인이나 배우자일 필요도 없었다. 친구나 선생님이나 형제나 자식, 그리고 그 외에 어떤 누구도 사랑의 대상일 수 있었다. 중요한 것은 사랑의 경험 그 자체였다. 사랑의 징후는 무엇보다 대상과의 동일시로 드러나지만 실제로는 피차 일체가 불가능한 타인이므로 사랑을 하는 자는 필연적으로 완전한 연결과 완벽한 단절 사이를 끝없이 배회하는 지독한 자기분열의 순간들을 겪게 되어 있었다. 그럼에도 불구하고 그 모든 순간을 온전히 자신의 것으로 귀속시키는 것, 그리고 다시금 자신의 것이 아닌 모든 것들과 관계를 맺어나가는 것, 그것이 바로 사랑의 본질이라고, 릴리 뮐러는 쓰고 있었다. 예니를 통해 사랑의 경험이 마르크스의 몸에 가슴에 머릿속에 각인되었고, 그 시간들이 없었더라면 마르크스는 전혀 다른 삶을 살았을 수도 있다고 했다. 따라서 마르크스가 세상에 내놓은 모든 저작의 최초의 동기는 사랑이며, 사랑을 해본 사람이라면 누구도 그의 저작에서 사랑을 읽어내지 못할 리 없다는 것이었다.

『알제리의 유령들』은 1923년 독일에서 처음 출간되었다. 원고를 제공한 건 릴리 뮐러였다. 남편 막시밀리안 뮐러를 따라 독일에 온 지 삼십 년이 되어가던 그녀는 당시 심장 질환을 앓고 있었는데 자신이 오래 살지 못한다는 걸 알고 죽기 전에 마르크스의 작품을 세상에 내놓아야겠다고 결심했다. 그녀는 남편의 조언대로 『자본』 1권을 처음 출간한 오토 마이스너 출판사로 원고를 가지고 갔다. 출판사 사장은 그녀가 가족도 친척도 아닌데다 마르크스가 죽은 지 사십 년이나 지나서야 원고를 가지고 왔다는 점을 미심쩍어했다. 릴리는 사연을 털어놓았다. 그는 그녀의 이야기를 꽤 흥미롭게 들었으나 그녀의 말을 증명해줄 사람이 없다는 사실을 아쉬워하며 일단 원고를 검토해보겠다고 말한 뒤 그녀를 돌려보냈다. 시간이 지나도 결론을 내주지 않아 그녀는 다른 출판사로 원고를 가지고 갔다. 마침 그곳 사장은 마르크스의 사위 샤를 롱게의 지인이었고 그는 롱게에게 원고를 보여주었다. 롱게는 오래전 아내가 받은 마르크스의 편지에 같은 제목의 희곡이 있었다는 걸 기억해냈다. 편지는 진작 소실되었지만 그것이 알제리에 사는 네 명의 유령들 이야기라는 건 잊지 않고 있었다. 릴리가 일찍이 시집 두 권과 장편소설 한 권을 낸 바 있는 작가라는 걸 뒤늦게 알게 된 사장은 그녀의 에세이를 함께 묶어 책을 펴냈다. 신문에 기사가 실려 한동안 화제가 되기도 했지만 책은 천 권도 채 팔리지 않았다. 사람들은 곧 그 일을 잊었다.

박선우가 구한 건 1965년 출간된 프랑스어판이었다. 그는 『공산당 선언』과 함께 그것을 필사해 한국에 가지고 들어왔다. 그리고 다시 타자로 옮겨 쓴 뒤 여러 개의 복사본을 만들어 제본했다.

칠현회의 친구들에게 여행 선물로 나누어줄 생각이었다.

3

　"『알제리의 유령들』이 마르크스의 작품이었을 줄은 상상도 못 했습니다."

　김철수가 말했다.

　나는 입안이 말라 물을 한 컵 들이켰다. 율이 뜨거운 물에 꿀을 타서 가져다주었다.

　"우리 모두가 그랬지."

　"그런데……"

　"그런데 뭐."

　"제가 인터넷에서 읽은 내용과는 좀 다른 것 같아서요."

　그는 박조열과 나를 비교해서 쓴 논문을 읽었다고 했다. 굳이 논문이 아니라도 박조열과 나를 '부조리극'이라는 키워드로 묶어 이야기한 이들이 없지 않았기에 별 감흥이 일지는 않았다.

　오래전 어떤 기자가 기사에 내 연극을 부조리극이라고 쓴 적이 있었다. 후배들과 술자리에서 안주 삼아 본인이 폼 잡고 싶어 쓴 기사라고 씹어댔는데 그후 종종 부조리극으로 말하는 이들이 생기더니 언제부턴가는 모두가 그렇게 불렀다. 부조리극이 유행이던 시절이었다. 유행은 지나갔고 〈알제리의 유령들〉을 한동안 무대에 올리지 않다가 다시 공연을 시작했을 땐 부조리극 딱지가 떼어져 있었다.

논문의 내용을 가만히 듣고 있자니 웃음이 픽 나왔다. 제목을 들었을 때부터 짐작은 했지만 생각보다 더더욱 게으른 녀석임이 분명했다.

"내가 직접 읽은 건 아니니 오해일 수도 있지만…… 그 친구는 공부를 좀더 열심히 해야겠다는 생각이 드는군."

"부조리극에 대해서요?"

"아니, 연극에 대해서. 저항과 공포에 대해서도. 무엇보다 절실함에 대해서. 정확히는 자기가 무엇에 대해 가장 절실한지에 대해서. 물론 공부를 한다고 해서 다 알게 되는 건 아니지만. 공부를 안 한다고 해서 영영 모르게 되는 것도 아니고. 그래서 더 어렵기도 하지. 엎치락뒤치락 한순간도 쉽게 내버려두지 않으니까. 삶은 언제나 그런 식이야. 어디 삶뿐이겠나. 인류의 역사가 대대로 그래. 아주 피곤한 일이지. 죽도록 피곤한 일이야. 그리고……"

"……"

"당연히 다르지."

"네?"

"자네가 읽은 건 내 희곡에 대한 거니까."

"아, 선생님께서 쓰신 작품의 원작자가 마르크스인 걸로 잘못 들었습니다. 그럼 제목만 빌려 쓰신 건가요?"

"그래."

"그런데……"

"그런데 뭐."

"어디선가 누군가 한 번쯤은 제목에 대해 언급했을 법한데 그런 글이나 기사를 보지 못해서요. 아무리 잘 알려지지 않은 작품이라고 해도 마르크스의 유일한 희곡인데 말입니다. 한국에서는 출판된 적이 없나봐요."

"없지."

"아무리 그래도."

"그걸 읽은 사람이 거의 없으니까. 그게 마르크스의 작품이라는 걸 아는 사람은 더욱 없고."

"왜 그런 거죠? 이론서가 아니라서 그랬을까요? 하지만 그래서 도리어 화제가 되었을 법도 한데, 아닌가요? 한국에서야 그렇다 치고 유럽은 좀 달랐을 것 같은데."

"그러게 말이야. 하지만 유럽에서도 그 작품을 아는 사람은 많지가 않아. 처음에 독일에서 책이 나오고 몇 년 뒤에 절판됐거든. 워낙 안 팔리기도 안 팔렸고 위작이라는 소문도 돌아서. 마르크스가 알제에 머무르던 당시 릴리 뮐러가 빅토리아 호텔에서 일했다는 건 사실로 확인됐지만 그게 그 작품이 위작이 아니라는 걸 증명하는 건 아니니까. 마르크스의 편지를 본 적 있는 샤를 롱게도 그 희곡의 내용을 대략적으로 기억할 뿐이라 그 책이 정말 그가 쓴 것과 똑같은지는 증명할 수 없었고."

"박선우라는 사람이 구했다는 프랑스어판은요?"

"그게 뭐."

"프랑스에서도 비슷한 반응이었나요?"

"모르지."

"어쨌든 남아 있는 책이 그 한 권뿐일 것 같지 않은데요. 만약 그 책이 유일한 것이었다면 주인이 그냥 팔았을 리 없잖아요. 설마 마르크스를 몰랐을 리도 없고."

"그도 위작으로 알고 있었을지도."

"선생님 생각은 어떠신데요?"

"뭐가."

"그게 위작이었을까요?"

"모르지."

김철수는 뭔가를 곰곰 궁리하는 듯 시선을 거두어 그대로 멈춰 있었다.

율이 밥상을 물리려 일어나면서 말했다.

"적당히 하세요, 삼촌. 순진한 청년을 너무 놀리면 못써요."

"서른이 넘었는데 무슨 순진한 청년이야."

김철수는 뻥뻥한 표정으로 나와 율을 번갈아 돌아보았다.

"진실을 알고 싶나?"

그는 여전히 같은 얼굴로 고개를 끄떡했다.

"박선우가 구했다는 그 책은 프랑스어판이 아니었어."

"그럼요?"

"북한에서 출간된 한국어판이었지."

"네?"

박선우는 공산주의자였다. 한국을 공산주의 사회로 만들고 싶었다. 하지만 상상은 잘 안 되었다. 공산주의 사회를 경험해보고 싶었다. 월북을 진지하게 고민했다. 월북을 하려면 뭘 어떻게 해야 하나, 꽤 오랫동안 생각했다. 그러다 우연히 비슷한 생각을 해온 사람을 알게 되었다. 정확히는 이미 알던 사람이었다. 박선우의 대학교 선배 박재기였다. 그는 졸업 후 지방 방송국에 입사했고 박선우와 재회했을 때는 그곳 부장이 되어 있었다. 십 년 만에 동창회에 나타나 모두를 놀라게 하더니 모두가 가고 난 뒤 둘만 남았을 때 더 놀라운 이야기를 했다.

"나는 월북할 거다."

맥락도 없이 불쑥 나온 이야기는 아니었다. 한국은 가망 없는 나라라고 말한 건 박선우였다. 청년 시절엔 설익은 이상일지언정 더 좋은 사회를 만들기 위해 뭐라도 할 기세였지만,

"뭘 해도 변하지 않을 거예요."

절망과 무기력이 체화된 지 오래였고 그런 이야기 끝에 박선우

가 물었다.

"북한은 좀 다를까요?"

"다르지."

박재기는 이미 북한과 접선한 상태였다. 월북 전까지 동일 노선의 사람들을 포섭하라는 지령을 받은 터라 머물러 있는 것일 뿐 머지않아 넘어갈 예정이었다.

박선우가 프랑스에 간 것은 지령을 받기 위해서였다. 박재기의 추천으로 박선우는 이미 북한의 믿을 만한 정보원이 되어 있었다. 박선우가 접선 장소로 갔을 때 상대는 책을 읽고 있었고 그것이 『알제리의 유령들』이었다. 본래 지령을 주고받는 것 이외의 대화는 금지되어 있었으나 왠지 누군가 따라붙은 것 같은 이상한 낌새가 느껴져 오랜 친구인 것처럼 잡담을 나누느라 책 이야기를 하게 되었다. 그러다보니 박선우는 정말 책에 관심이 일었고 그 열기에 감응되어 상대도 성심성의껏 책을 소개해주었다. 북한에서는 마르크스의 다른 저서들에 비해 그저 그렇다는 평가를 받아 민간에는 돌지 않고 정부의 주요 간부들만 가지고 있는 책인데, 비공식적인 지시로 번역을 맡은 이가 사촌형인 덕으로 얻게 되어 읽어보니 듣던 것보다 재미있다고 했다. 박선우가 더더욱 관심을 보이자 그는 고민하다가 책을 선물로 주었다.

"들키지나 마시라우요. 동무도 고초를 겪겠디만 나도 만만치 않은 징벌을 받을 일이니까네."

김철수는 눈이 휘둥그레져 있었다.

"그러면……"

"그러면 뭐."

"그러니까…… 선생님은 그런 이야기들을 어떻게 다 알고 계세요?"

나는 대답 대신 율에게 소주를 한 병 가져다달라고 부탁했다. 율은 혀를 차면서도 달걀말이를 부쳐 김치와 함께 술상을 차려 내왔다.

"진실을 알고 싶나?"

"진실이…… 또 있습니까?"

"실은……"

김철수는 침을 꿀꺽 삼켰다.

"나도 간첩이네."

김철수는 나를 뚫어지게 바라보다 율을 돌아보았다. 율은 고개를 절레절레 젓고 있었다. 나는 웃음을 터뜨렸다. 김철수는 여전히 얼떨떨한 얼굴로 나를 한참 바라보았다.

*

박선우와 그의 친구 여섯 명은 1984년 여름 구속되었다. '칠현회'라는 반국가단체를 조직한 혐의였다. 그들의 수괴로 박선우의 대학 선배인 박재기가 지목되어 함께 잡혀갔다. 북한 체제에 대한 찬양 및 동조가 죄목이었다. 북한과의 접선은 박재기와 박선우가 맡은 것으로 밝혀졌다.

칠현회에는 교사가 세 명 있었는데 그들이 수업시간에 학생들에게 한 발언들이 증거가 되었다. 부산의 미문화원 방화사건은 공산주의자들이 벌인 일이 아니다. 빈익빈부익부야말로 우리나라의 가장 큰 구조적 문제다, 우리는 4·19 정신을 본받아야 한다. 특히 박선우는 교과서를 그대로 믿으면 안 된다, 너희들은 현실을 똑바로 봐야 된다 등의 말 때문에 죄질이 더 나쁘다는 판단을 받았다.

칠현회는 5·18 위령제를 지내기도 했고 금서로 지정된 책들을 읽고 공부하기도 했다. 대개 월북 작가들과 남한의 반체제 작가들의 작품이었고 외서도 몇 권 있었다. 마르크스의 저작인 『알제리의 유령들』도 그중 하나였다. 다른 책들은 어찌되었건 국내에서 출간된 이력이 있는데 『알제리의 유령들』은 일반 문서를 제본한 것이라 더욱 의심을 받았다. 검찰에서는 그것을 고정간첩이 복사해 뿌린 것으로 파악했다.

칠현회와 박재기는 영장도 없이 구금되었고 대공분실 지하실로 끌려가 고문기술자로부터 온갖 고문을 받았다. 며칠씩 굶거나 자지 못했고 그런 상태로 끊임없이 폭행을 당했다. 그들은 어떻게 서로를 알게 되었고 모임을 조직하게 되었는지 낱낱이 자백해야 했다. 각자 어떤 역할을 맡았는지, 그들 외에 또 누가 관련되어 있는지, 앞으로의 계획은 무엇이었는지. 그들의 말이 서로 다를 때는 다시 고문기술자에게 던져졌다. 그렇게 오십여 일을 보냈다.

4

"그리고요?"

"뭐가."

"그분들은 어떻게 되셨습니까?"

"네 명은 실형을 선고받았고 네 명은 선고유예로 풀려났지."

"그게 답니까?"

"이십 년쯤 지나 재심에서 전원 무죄 판결을 받았네."

"전원이 말입니까?"

"이상한가?"

"그런 건 아니지만……"

"왜, 박선우와 박재기가 마음에 걸리나?"

"북한과 접선했다는 것도, 그들이 공산주의자였다는 것도 거짓입니까?"

"자네 생각은 어떤데?"

"네?"

"어디서부터 어디까지가 사실이고 어디서부터 어디까지가 거짓인 것 같나?"

"그걸 제가 어떻게……"

"이야기를 다 들었잖아."

"하지만."

"하지만 뭐."

"제가 보고 겪은 일도 아니고……"

"나도 보고 겪은 일이 아니야."

"선생님도 들은 이야기라는 뜻입니까?"

"대부분은."

"듣지 않은 이야기도 있다는 겁니까?"

"그래."

"어떤 부분이 말입니까?"

"어떤 부분인 것 같나?"

"……"

"자네가 잘못 말한다고 사실이 거짓이 되고 거짓이 사실이 되는 건 아니야. 그러니까 편하게 뱉어보라고."

"역시…… 모르겠습니다. 제가 판단할 수 있는 내용이 아닌 것 같습니다."

"모든 이야기에는 사실과 거짓이 섞여 있네. 같은 장소에서 같은 걸 보고 들어도 각자에게 들어보면 다들 다른 이야기를 하지.

내가 보고 듣고 겪은 일도 어떤 땐 사실이 아닐 때도 있어. 사실인지 아닌지 모른 채 겪었거나 잘못 기억하고 있거나. 거짓이 사실이 되는 경우도 있지. 누군가 그걸 사실로 믿을 때. 속았을 수도 있고 그냥 믿었을 수도 있고 속아준 것일 수도 있고 속고 싶었을 수도 있고. 한마디로 경우의 수가 너무 많아. 애초에 자네가 판단할 수 없는 문제라는 거야. 그렇다면 애초에 판단할 수 없는 문제이니 판단을 안 할 건가?"

"......"

"그런데 말이야, 판단을 하지 않는 게 가능한가?"

"......"

"자네는 계속 판단하고 있네. 사람으로 태어난 이상 판단을 하지 않는 건 불가능한 일이야. 이것은 사실, 저것은 거짓. 이것은 사실 같은 거짓, 저것은 거짓 같은 사실. 자, 말해보게."

"뭘…… 말입니까?"

"자네는 내 이야기를 들으면서 의심 없이 듣기도 하고 의심을 하기도 하고 의문을 품기도 하고 반박을 하기도 했어. 안 그런가?"

"맞습니다."

"그게 판단이야."

"......"

"그러니까 판단할 수 없다는 말은 거짓이라고."

"......"

"하지만 판단할 수 없다는 말은 사실이야."

"네?"

"판단은 할 수 있지만 그것이 사실인지 거짓인지는 판단할 수 없다고."

"……"

"그럼 말이지, 우리가 보고 듣고 겪은 것에 대해 우리가 할 수 있는 건 대체 뭐지?"

"무엇입니까?"

"이봐 이봐, 또 판단을 나한테 미루는군."

"저는…… 정말 모르겠습니다. 선생님께서 무슨 말씀을 하시는 건지 하나도 모르겠습니다."

"그럼 처음의 질문을 다시 하지. 내가 한 이야기 중 어디서부터 어디까지가 사실이고 어디서부터 어디까지가 거짓인 것 같나?"

"……모두가 사실인 것 같고 모두가 거짓인 것 같습니다."

"무엇이 사실이고 무엇이 거짓인지 궁금하긴 한가?"

"네."

"궁금하면 자네가 한번 알아보게."

"어떻게…… 말입니까?"

"이 친구야, 그걸 왜 나한테 물어."

"……"

"알아내고 싶긴 한가?"

"그런 것 같습니다."

"같다니. 그렇다는 건가 아니라는 건가?"

"……"

"대답할 수 없다면 더는 궁금해하지 말고 살던 대로 살게. 그런다고 해서 삶이 무의미해지는 건 아니니 부디 안심하시고."

"아닙니다."

"대답할 수 있다는 건가?"

"그렇습니다."

"그렇다면 말해보게."

"알아내고 싶습니다."

"어떻게 말인가?"

"어떻게든, 어떻게든 알아낼 겁니다."

깊은 한숨이 흘러나왔다. 김철수도 따라 긴 숨을 내쉬었다.

"그래 좋아. 이제야 좀 제대로 청년답군. 훌륭해. 훌륭하니까 힌트를 하나 주지."

"……"

"자네가 어떻게든 알아내고 싶다는 거, 알아내겠다는 거. 그게 바로 진실이네."

4부

남은 이야기

기내식을 먹고 나니 졸음이 몰려왔다. 담요를 목까지 올려 덮고 눈을 감았다. 잠이 들 듯 말 듯 깜박깜박하다 말았다. 옆 사람의 고개가 내 쪽으로 툭 떨어졌다. 다행히 어깨에 닿지는 않았다. 창덮개를 살짝 올리자 환한 빛이 훅 쏟아져들어왔다. 지나가던 스튜어디스가 주무시는 분들이 많으니 독서등을 이용해달라고 속삭였다. 덮개를 내리고 독서등을 켰다.

가방에서 『독일. 어느 겨울 동화』를 꺼냈다. 얼마 전 김철수가 소포로 보내온 것이었다. 책은 모두 두 권이었다. 한 권은 그가 제주도에 왔을 때 오수 삼촌이 빌려준 것이었고 한 권은 다른 출판사에서 출간된 최신판이었다. 비교해보니 예전 번역본은 생각보다 오역이 많은 것 같다고, 그는 편지에 썼다. 상자에는 백여 페이지쯤 되는 A4 출력물도 들어 있었다. 영희가 쓴 소설이라고 했다.

영희의 편지는 따로 없었고 대신 소설 맨 앞 장에 짧은 인사말이 손글씨로 쓰여 있었다.

안녕하세요? 저는 잘 지내고 있습니다.

소설의 제목은 '알제리의 유령들'이었다.

영희씨는 소설을 쓴 시간보다 두 분께 소설을 보내기로 마음먹기까지의 시간이 더 걸렸습니다. 부끄럽기도 하고 두렵기도 하고 그랬던 모양이에요. 실은 편지도 몇 번이나 쓰고 버리고 쓰고 버렸답니다. 편지는 소설보다 더 쓰기 어렵다면서 결국 포기했어요. 그랬다고 전한 걸 알면 영희씨는 저에게 무척 화를 낼 거예요. 영희씨는 거의 화를 내지 않지만 한번 화가 나면 아주 무섭습니다. 그 제목을 써도 되겠느냐고 대신 여쭤봐달라고는 했습니다.

"뭘 그런 걸 물어. 애초에 내가 지은 제목도 아닌데."

삼촌이 말했다.

그리고 무엇보다 두 분의 이야기를, 그리고 두 분의 주변 분들의 이야기를 소설로 써도 되는 건지도요.

"이미 다 써놓고는."

만약 사실과 아주 많이 다른 곳이 있다면, 그래서 언짢으시다면 말씀해주시라고도 했습니다. 저는 괜찮을 거라고 했지만 영희씨는 그래도 혹시 모른다며 염려가 많습니다.

"이 녀석이 나를 아주 물로 보네."

"왜요?"

"사실 그대로면 그게 소설이겠어?"

김철수는 연극을 준비중이었다. 연출이나 작가가 아니라 배우로 출연할 예정이었다. 〈백 년 전 오늘〉의 계속 달리는 남자 역이었다. 그나마 대사가 없기에 수락한 것일 뿐 무대에 서는 건 이번이 처음이자 마지막일 거라고 했다.

『독일. 어느 겨울 동화』는 분량이 많은 책은 아니었다. 두번째보는 건데도 여전히 쉽게 읽히지 않아 다 읽는 데 두 시간이 넘게 걸렸다. 눈이 따끔거려 독서등을 끄고 눈을 감았다. 언제인지도 모르게 잠이 들었다.

꿈을 꾸었다. 어떤 여자가 줄을 타고 있었다. 꽤 높고 긴 줄이었다. 여자는 머리가 아주 검고 길었다. 오르락내리락할 때마다 머리카락이 사방으로 출렁거렸다. 공중제비를 몇 번 돌더니 마지막엔 한참을 튕겨져 올라갔다. 빨간 태양이 여자의 얼굴과 겹쳐졌다. 같은 순간 눈이 마주쳤다. 여자가 하얀 이를 드러내며 웃었다. 그러고는 그대로 땅에 착지했다. 여자가 이름을 물었다. 한은조. 당신은? 릴리 뮐러입니다.

몸이 푹 꺼지면서 잠이 깼다. 비행기가 들썩거리고 있었다. 대기가 불안정하니 자리에 앉아 있으라는 안내 방송이 나왔다.

릴리 뮐러가 꿈에 나왔다고 하면 오수 삼촌은 뭐라고 할까 생각하니 웃음이 나왔다. 다시 독서등을 켰다. 하이네 말고도 책을 두 권 더 챙겨온 터였다. 둘 다 추리소설이었다. 지루한 비행시간에는 추리소설만한 게 없다면서 삼촌이 권해준 것이었다. 무엇을 먼저 읽을까 저울질하다 둘 다 접고 『알제리의 유령들』을 꺼냈다. 하드커버에 코팅까지 한 표지라 다시 보아도 그럴듯했다. 인터넷을 통해 주문 제작한 것이었다. 바탕은 검은색, 제목은 빨간색으로 한 건 나의 아이디어였다. 삼촌은 디자인 감각이 없다고 놀려댔다. 그 실력으로 옷 수선을 어떻게 이십 년씩이나! 나는 콧방귀를 뀌었다.

지은이의 이름은 흰색으로 찍었다.

박형민. 장민선. 한지섭. 백소이.

*

누가 제목을 지었는지는 자기도 모른다고, 오수 삼촌은 말했다. 아마도 네 엄마나 징의 아빠가 지으셨겠지. 어쩌면 네 아빠나 징의 엄마가 붙여준 건지도 모르고. 하지만 희곡을 쓴 건 징의 아버지와 나의 어머니가 확실하다고 했다. 그래도,

"이야기 구성은 네 사람이 같이 했을 거야. 그랬다고 들었어."

네 사람은 그날도 늦은 밤까지 함께 술을 마시며 이야기를 나누었을 것이다. 징의 집에서. 아니면 우리집에서. 모두가 술에 취하고 누군가 기타를 연주하기 시작했겠지. 누군가는 노래를 부르고 누군가는 춤을 추고 누군가는 시를 읊었을 것이다. 그리고 또 이

야기가 이어졌을 것이다.

그러다 누군가 대사를 던졌을 것이다.

"대관절 어떤 사람이 어떤 것에 대해 어떻다고 느낀다는 건 어떤 건가요?"

며칠간 머릿속을 맴돌았던 대사일 수도 있고 그 순간 영감처럼 떠오른 말일 수도 있고 어디선가 읽은 구절일 수도 있고 읽은 구절을 변형시킨 것일 수도 있었다. 아니, 애초의 문장은 이랬을지도 모른다.

"어떤 사람이 어떤 것에 대해 뭔가를 느낀다는 건 뭐지?"

어쩌면 대사가 아니라 그저 잡담의 일부였을지도.

잡담의 일부가 대사가 되고 대사는 다른 대사를 불러왔을 것이다.

"인간이 되고 싶은 겁니까?"

물음에 물음으로 답하면 어쩌냐는 타박이 쏟아졌을지도 모른다. 어쨌거나 대사는 이어졌을 것이다. 끊임없이 연달아 주고받으며. 아니면 멈칫멈칫 드문드문이었을까?

"비밀을 알려주세요."

"무엇에 관한 비밀을 말이죠?"

"무엇이든."

제목이 먼저였을 수도 있다. 그들 중 누군가는 실제로 알제리라는 이름의 술집에 간 적이 있을지도 모른다. 진짜 알제리에 가보고 싶다는 말에서 시작되었을 수도.

마르크스는 누구의 아이디어였을까?

어느 날 술자리에서 아버지가 오수 삼촌에게 이렇게 말했다고 했다.

"오수야, 만약 마르크스가 쓴 유일한 희곡이 있다면 그게 어떤 내용일 것 같냐?"

뭐라고 대답했는지 삼촌은 기억하지 못했다. 지금도 마찬가지이지만 그때도 그런 건 잘 상상이 안 돼서 시원찮은 답을 했던 것 같다고 했다. 그 답을 들은 아버지에게 면박을 당한 기억이 있는 걸 보면. 우리가 또 욕먹은 건 절대 안 잊거든.

처음엔 장난, 이었다고 아버지는 말했다고 했다. 그런데 놀다보니 이야기가 만들어졌다고. 그리고 끝인 줄 알았는데 어머니와 징의 아버지가 진짜 써보겠다고 했다고. 그래서 제대로 장난을 쳐보기로 했다고.

"이 희곡의 핵심은 마르크스야. 마르크스가 썼다는 거."

"그게 왜……"

"애들 좀 놀려먹으려고."

"네?"

"마르크스가 쓴 유일한 희곡이라고 하면 애들이 어떻게 반응할지 생각만 해도 재밌지 않냐?"

"애들이…… 속을까요?"

"안 속을까?"

"형님이 평소에 애들을 워낙 많이 속이셔서……"

"그거야 자식들이 삐리해서 그렇지. 어디서 뭘 배우고 자랐길래 아주 그냥 내가 무슨 말만 하면 그렇게 잘 속아."

"그래서 예쁘다면서요. 순진하고 착해서 그렇다고."

두 사람의 대화는 그렇게 이어졌고 삼촌은 결국 사기극의 조력자가 되기로 했다. 처음부터 작정했던 건 아니었다. 극단의 후배들이 의심할 만한 내용들을 집요하게 묻고 아버지의 대답에 살을 붙여주고 다시 구멍을 메워주고 하다보니 줄거리가 완성되었다. 가장 시간이 오래 걸린 건 릴리 뮐러였다. 희곡의 전달자일 뿐인데 너무 이야기가 많은 거 아니냐고 아버지가 이의를 제기했다.

"원래 조연이 그럴듯해야 작품이 근사해지는 겁니다."

아버지가 휘파람을 불었다.

"오, 탁오수. 많이 컸네."

마지막은 박선우였다. 삼촌은 아버지의 지인이 파리의 헌책방에서 우연히 그 작품을 발견해야 한다고 말했고 아버지는 곧장 박선우를 떠올렸다. 삼촌은 그가 누구인지 몰랐다.

"있어. 율이 엄마가 하는 독서 모임 회원. 고등학교 프랑스어 선생이야."

아버지가 마르크스의 작품이라고 소개한 뒤 후배들에게 희곡을 나누어주면 삼촌이 먼저 의심을 하기로 했다. 에이, 무슨 마르크스. 우리가 한 번 속지 두 번 속나. 거참, 형님은 우리를 너무 쉽게 보신다니까. 아버지가 정색한 채 일단 읽어보라고 말하면 삼촌은 피식피식 웃으며 읽기로 했다. 그리고 점차 표정을 굳히기로. 주인공 두 명이 서로의 이름을 지어주는 장면에서 삼촌은 이렇게 말하기로 했다.

"어, 프레드? 프레드는…… 엥겔스의 이름인데……?"

그러면 분명히 누군가 되물을 것이었다.

"그래요?"

"응. 프리드리히 엥겔스. 마르크스는 엥겔스한테 편지를 쓸 때 애칭처럼 프리드리히를 줄여서 프레드라고 썼거든. 그리고 하모니아는……"

"그건 누군데요?"

"하이네의 시에 나오는 이름이야."

"하이네요?"

"설마 하이네를 모르는 건 아니겠지? 그의 시 중에 이런 구절이 있어. '그대는 누구요. 거대한 여인이여, 어디서 살고 있소? 그러자 여인은 미소 지으며 말했다. 난 하모니아랍니다. 함부르크를 지켜주는 여신 말이에요.' 하이네가 마르크스와 아주 친한 사이였다는 건 알아?"

후배들이 희곡을 다 읽고 나면 삼촌이 묻기로 했다.

"이건 대체 어디서 어떻게 구하신 겁니까? 이걸 가지고 있어도 저희는 안전한 겁니까?"

그렇게 마지막 대사를 정했다. 그 순간 그들이 어떤 표정을 지을지 상상하며 아버지와 삼촌은 한참 키득거렸다.

"그다음엔 어떡하지?"

"뭘 어떡해요. 비장하게 나도 잘 모르겠다고 하셔야죠. 각자 알아서 선택하라고."

"웃음이 터지면 어떡하지?"

"참으셔야죠."

"사실은 언제 고백해?"

"글쎄요…… 하지만 너무 길게 끌지는 마세요."

"길게가 얼마야."

"일단 그날은 넘기지 마세요."

"왜?"

"잠 못 들 수도 있으니까."

두 사람은 다시 키득거렸다.

"알았어. 연습 시작 전에 나누어주고 뒤풀이 때 털어놓는 걸로."

"좋습니다."

"애들이 그날 하루라도 많이 웃었으면 좋겠다. 그후에도 그날 일을 생각하면 다들 웃음부터 나게."

아버지와 오수 삼촌의 사기극은 성사되지 않았다. 아버지가 희

곡을 가져와 나누어주기로 예정되었던 날로부터 사흘 전 어머니
가 끌려갔다. 같은 날 징의 아버지도 끌려갔다. 그로부터 닷새 뒤
아버지와 징의 어머니도 끌려갔다. 끌려가는 장면을 보지는 못했
다. 오수 삼촌이 징과 나를 돌봐주었다. 우리집에 함께 있었는지,
징의 집에 함께 있었는지는 기억나지 않는다. 얼마나 그렇게 있었
는지도 기억나지 않는다.

그리고 어느 날의 장면.

까만 양복을 입은 남자 여러 명이 들이닥쳤다. 구두를 신은 채
로 집안을 마구 돌아다녔다. 삼촌이 시킨 대로 징과 나는 이불 속
에 들어가 있었다. 누군가 이불을 들추었다가 덮었다. 나는 울기
시작했고 징은 내 손을 잡았다.

*

어머니와 징의 아버지는 칠현회의 회원이었다. 일곱 칠七에 줄
현絃. 일곱 개의 현. 일곱 명이 일곱 개의 현을 탄다는 뜻으로 박선
우가 지은 이름이었다. 현을 탄다는 것은 독서와 낭독을 의미했
다. 현을 타듯 한 글자 한 글자를 깊이 음미하자는 의도가 담겨 있
었다. 의미를 부여하자니 그랬고 이름을 떠올린 건 김사량의 소설
「칠현금」을 읽으면서였다.

"칠현금을, 칠현금을 나에게 다오. 싸움의 노래를 부르리니."

주인공이 벽에 붙여놓은 시의 한 구절이었다. 하이네의 시였다. 박선우가 그 구절을 읊은 뒤 모임 이름을 제안했다. 마침 일곱 명이라 그럴듯하다며 모두들 기꺼워했다.

모임을 제안한 것도 박선우였다. 그들은 대학 시절 같은 서클에서 활동했던 인연으로 가끔 만나 술을 마셔온 터였다.

그런 일이 있었다고 어머니와 징의 아버지가 전하자 아버지는 코웃음을 쳤다.

"하여간 박선우는 닭살 캐릭터야."

"몇 번 보지도 않고 무슨 아는 척이야."

"사내놈이 계집애처럼 곱상하게 생겨가지고 말이야. 멋부리는 거 너무 좋아해."

"무슨 멋을 부렸다는 거야."

"뭔 놈의 이름에 그렇게 갖다붙이는 게 많냐고."

"하여간 질투는."

"질투라니. 질투라니!"

"그럼 당신이 한번 지어봐."

"뭘."

"모임 이름."

"쓸 것도 아니면서."

"칠현회보다 나으면 쓸지도 모르지."

아버지는 잠깐 궁리한 뒤 말했다.

"UKKU."

"그게 뭐야."

"배 이름."

"갑자기 웬 배?"

"대양을 건너는 아주 커다란 배가 있어. 수백 명은 탈 수 있는 배. 그 배 옆면에 쓰여 있는 거지. UKKU."

"그러니까 그게 무슨 뜻이냐고."

"하여간 의미주의자. 그냥 이미지를 생각해봐. 근사하잖아."

"Unknowing the Known, Knowing the Unknown. 미지는 기지로, 기지는 미지로."

징의 어머니가 말했다. 아버지가 반색했다.

"오, 멋진데요? 역시 소이씨는 결정적 한 방이 있어."

"하여간 소이가 하는 말은 다 좋대."

"질투하냐?"

"그렇다, 이 변덕 대마왕아."

징의 어머니가 웃음을 터뜨렸다. 징의 아버지도, 그리고 어머니와 아버지도 잇달아 웃음을 터뜨렸다.

UKKU라는 이름은 그렇게 지어졌다고 언젠가 징의 어머니가 들려주었다. 그날 그녀는 꽤 긴 시간 동안 기억이 돌아와 있었다. 『알제리의 유령들』의 표지에 쓰여 있는 UKKU를 한참 만지작거리다 그녀가 말했다. 여기가 어디지? 아가씨는 누구야?

칠현회는 한 달에 두 번 모임을 가졌다. 한 번은 독서 토론을 하고 한 번은 낭독을 했다. 책은 돌아가면서 선정했다. 서점에서 구할 수 있는 책은 사고 구할 수 없는 책은 선정자가 복사본을 만들어 나누어주었다. 복사본을 만든 것들은 대개 금서였다. 그것들 중 하나가 실수로 유출되어 경찰의 손에 들어갔고 그렇게 조사가 시작되었다.

칠현회의 관련자로 조사받은 사람은 아버지와 징의 어머니뿐만이 아니었다. 칠현회 사람들의 가족과 지인은 모두 조사를 받았다. 각자 시기는 달랐지만 오수 삼촌도, 극단 사람들도 끌려갔다. 만난 지 오래된 그들의 대학 동창들과 그들이 독서 모임인가를 하고 있다고 들어본 적은 있다는 주변 사람들까지도. 동창들을 제외하면 일곱 명을 모두 알고 있는 사람은 드물었다. 본 적도 없거나 이름도 모르거나.

어머니와 징의 아버지를 제외한 칠현회 사람들은 『알제리의 유령들』을 마르크스의 저작이라고 말했다. 아버지와 오수 삼촌이 극단 사람들을 속이기로 했던 것처럼 어머니와 징의 아버지도 그럴 참이었고 작품을 보여주기 전 밑밥 삼아 마르크스의 유일한 희곡을 어렵게 구했다고 흘려놓은 터였다.

『알제리의 유령들』은 징의 집에서 발견되었다. 복사본 서른 부였고 첫 장 제목 아래로 카를 마르크스 지음, 이라고 쓰여 있다.

조사를 받을 때 그에 얽힌 사연의 전모를 밝혔으나 그들은 믿지 않았다. 아니, 애초에 믿을 마음이 없었다고, 오수 삼촌은 말했다.

"그들에겐 무엇이 사실이고 아니고는 중요하지 않았어. 아니, 처음부터 사실이 결정되어 있었지. 『알제리의 유령들』이 없었다고 해도 마찬가지였을 거다."

*

"같이 안 갈래?"

그날 징은 그렇게 물었었다. 택시에 오르려다 말고.

"같이 가자."

징은 손을 잡아끌기까지 했지만 내 몸은 움직이지 않았다. 움직이지 않으려고 안간힘을 썼다.

그 순간을 수도 없이 돌이켜보았다. 나는 왜 망설였을까. 그때 징이 같이 가자는 곳이 공항이 아니라 더 먼 곳이었다면, 그리고 내가 따라갔더라면 우리는 어떻게 되었을까. 우리는 어디로 갔을까. 우리는 내내 행복했을까.

"왜 가? 나를, 네 엄마를 여기에 놔두고."

공항에서 나는 징에게 그렇게 말했었다.

나는 그때 정말 징을 붙잡고 싶었던 것일까. 징이 가지 않았더라면 우리는 어떻게 되었을까. 우리는 어디에 머물렀을까. 우리는 내내 행복했을까.

징은 왜 떠났고 나는 왜 남았을까. 왜 우리는 그러기로 했을까.

*

징의 아버지가 죽은 뒤 여러 날이 지나 아버지는 징을 만나러 갔다. 징의 어머니는 산책을 갔는지 병원에 갔는지 슈퍼에 갔는지 집에 없었다. 어쩌면 방에서 자고 있었는지도 몰랐다. 그 시절 징의 어머니는 틈만 나면 잠을 잤다. 하루종일 눈 한 번 뜨지 않고 잠들어 있는 날도 많았다. 그런 날이면 엄마가 죽어버린 게 아닐까, 징은 겁이 났다. 건드려보고 싶었지만 정말 움직이지 않을까봐 그냥 자고 있을 거라 믿으며 애써 모른 척했다. 어쨌든 징이 기억하는 그날의 장면 속에는 그녀가 없다.

"너한테 할말이 있다."

아버지는 그렇게 말하곤 한참 동안 침묵했다. 징은 기다렸다. 기다리는 동안 차를 마셨다. 아버지도 차를 마셨다. 월계수잎차였다. 징의 집에는 늘 월계수잎차가 있었다. 징의 어머니가 우리집 화단에서 딴 잎으로 만든 것이었다. 차는 무척 뜨거웠기에 두 사람은 아주 천천히 조금씩 삼켰다. 잔을 다 비울 때까지도 이야기는 이어지지 않았다.

"미안하다."

아버지가 말했다. 징은 뭐라고 해야 좋을지 몰랐다.

"미안하다, 징아. 삼촌이 미안해."

징은 계속 입을 다물고 있었다.

아버지는 잔을 들어 입에 가져다 대려다가 빈 잔임을 알아차리고는 나시 내려놓았다. 손을 파르르 떨고 있었기 때문에 차가 남아 있었더라면 흘렸을 거라고, 징은 썼다.

징에게서 편지를 받은 건 몇 해 전 여름이었다. 편지는 서울의 옛 주소로 보내졌고 영희가 다시 제주도로 보내주었다. 징은 아직 핀란드에 있었고 여전히 그 한국 식당에서 일하고 있었다. 요리 솜씨가 늘어 부주방장이 되었다고 했다.

징은 다시 물을 끓여 차를 우렸고 두 사람은 또 아주 천천히 잔을 비워나갔다. 그리고,

사과를 받아야겠다고 생각했어. 나는 사과가 필요하지 않았지만 삼촌이 그러고 싶어하는 것 같았으니까. 그래서 삼촌의 이야기를 들어보기로 했어. 마지막으로. 그래, 나는 그때 이미 떠나게 될 것을 예감했던 것 같아.

삼촌, 하고 부르자 아버지의 손이 다시 부르르 떨렸다.

"뭐가 그렇게 미안하세요?"

아버지는 금방 대답하지 못했다.

"삼촌."

"우리는 서로에게 뭘 해줘야 하는지 몰랐다. 그렇게 많은 시간

을 함께했는데 뭘 해줘야 하는지 모르겠더라. 우리는 각자 망가져 있었고 망가졌다는 걸 누구에게라도 표현해야 했는데 그러려다 서로를 더 망가뜨렸어. 왜 우리가 이렇게 됐는지를 생각하면 더 참을 수가 없어져서…… 뭐라도 했어야 하는데…… 뭘 해야 할지를…… 나는……"

아버지는 고개를 숙인 채 한 손으로 두 눈을 덮었다.

율아. 네가 믿을지 모르겠지만 난 돌아가는 중이야. 너와 엄마에게. 내내 그렇게 생각했어. 이렇게 오래 걸릴 줄은 몰랐지만. 그리고 얼마나 더 오래 걸릴지 모르겠지만. 어쩌면 나는 돌아가려는 게 아니라 다만 도망가고 있는 게 아닐까 가끔 생각해. 그것도 틀린 말은 아니지. 나는 그 시간들이 나에게서 멀어지기를 기다렸으니까. 완전히 잊힐 리는 없을 테지만 적어도 거리감은 생기기를. 벽에 걸린 그림을 마주하듯 무심히 바라볼 수 있을 때까지. 그날들 이후로 내가 한 일은 그게 다야.

삼촌은 돌아가기 전에 말했어. 그때 한 말은 사실이 아니라고. 그저 누군가를 상처내고 싶었고 그때 마침 내가 눈앞에 있었다고. 아마도 삼촌이 엄마와 잤다고 한 걸 말하는 것이겠지. 나는 이미 알고 있었는데. 그날 그 말을 하는 삼촌의 얼굴이 이미 그렇다는 걸 말해주었어. 그 말과는 아무 상관 없는 얼굴, 전에는 한 번도 본 적 없는 얼굴이었어. 그 모습이 잊히지 않아. 잊히지 않더

라. 삼촌은 언제까지 저 표정을 가지고 있게 될까, 엄마는 언제까지 방에 스스로를 가두고 있게 될까. 차라리 정말로 삼촌과 엄마가 같이 자면 좀 낫지 않을까, 생각했어. 그렇게 다시 누군가를 사랑하게 된다면. 하지만 그들에게 그런 일이 가능했을까?

엄마와 나는 함께 떠난 게 아니었어. 아마도 내가 떠난 뒤 엄마도 곧 떠났던 것 같아. 그때 이미 엄마의 기억은 섞이기 시작했고 그런 엄마를 혼자 두면 안 된다는 걸 나는 알고 있었어.

몇 년 전 인터넷에서 그들이 무죄 판결을 받았다는 기사를 봤어. 그걸로 그 일은 다 끝난 것일까? 어쩌면 그럴지도. 하지만 나는 여전히 그들에 대해 모르는 것이 많아. 아버지와 이모가 어떻게 그 모임을 하게 되었는지, 그 모임은 어쩌다가 그런 사건에 휘말렸는지, 아버지와 이모 외에 다른 이들은 어떤 사람들이었는지, 그들이 무슨 일을 겪었는지, 누가 왜 그들에게 그런 일을 겪게 했는지, 그 일이 있은 후 우리의 부모는 어떤 시간을 보냈는지. 그리고 넌 어떤 시간을 보냈는지. 이제 와서 그걸 모두 알고 싶다고 한다면 너무 늦은 것일까? 어쩌면 끝까지 알고 싶지 않은 건지도 모르겠어.

어찌됐든 곁에 있어야 했을까. 그런 생각을 안 해본 건 아니야. 그래서 한 번은 돌아갔었지. 그리고 나는 그럴 수 없다는 걸 알았어. 그 모든 일이 나의 것이 되는 게 두려웠어. 내가 선택한 것이 아닌 일들이 나의 일이 되고 나의 기억이 되고 그렇게 결국 내가 될 것이. 삼촌의 그 표정은 나의 것이 될 테고 엄마의 방에는 내가 갇히게 될 테고.

율아. 나는 네가 따라오지 않을 거라는 걸 알고 있었어. 그리고 이곳에 오지 않을 거라는 것도.

미안해. 이제야 이 말을 한다.

미안하다. 너에게도. 엄마에게도. 내가 떠나온 모두에게.

답장은 쓰지 않았다. 이모는 이미 돌아가셨다는 말을 써야 할지 말아야 할지 모르겠어서. 모르겠는 채로 또 시간이 지났다.

*

뭘 어떻게 해야 할지 알게 된 건 아니다. 징이 떠나지 않았더라면. 그리고 내가 따라갔더라면 어떻게 되었을지 생각하지 않게 된 것도 아니다. 나는 여전히 우리에게 아무 일도 일어나지 않았더라면 어땠을까 상상한다. 여전히 상상은 잘 되지 않는다. 상상은 안 되지만 그래도 계속 묻는다. 뭘 어떻게 해야 했을까. 뭘 어떻게 해야 할까.

너를 만나면 나는 너에게 모든 이야기를 하게 될까. 너는 모르지만 나는 알고 있는 것. 나를 만나면 너는 나에게 모든 이야기를 하게 될까. 나는 모르지만 너는 알고 있는 것. 나의 시간들. 너의

시간들. 그리고 모두의 시간들. 나도 모르고 너도 모르는 이야기
는 어떻게 될까. 그것은 영영 누구도 알지 못할 이야기가 되는 걸
까. 그러면 그것은 애초에 없었던 이야기가 되는 걸까.

   몇 시간 뒤면 나는 너를 본다. 무슨 대화를 나누게 될지, 무엇을
하게 될지, 어니로 가게 될지 잘 그려지지 않는다. 그래도 무슨 말
인가를 주고받을 테고 뭔가를 할 테고 어디론가 가게 될 것이다.
여전히 아무것도 모르겠는 채로, 뭘 어떻게 해야 할지 모르겠는
채로 나는 너를 만날 것이다.

이 소설을 쓰면서 인용·참고한 문헌은 다음과 같다.

134쪽 마르크스가 인용한 아랍 우화: Francis Wheen, *Karl Marx: A Life*, New York: W. W. Norton & Company, 2000, p. 378 및 카를 마르크스, 『알제리에서의 편지』, 정준성 옮김, 빛나는전망, 2011, 101쪽을 참고.

144쪽 릴리가 드는 〈안티고네〉의 대사: 소포클레스 외, 『그리스 비극』, 곽복록·조우현 옮김, 동서문화사, 1994, 179쪽.

151쪽 이십대의 마르크스가 연인 예니에게 보낸 편지: 하인츠 프레데릭 페터스, 『레드 예니』, 김보성 외 옮김, 오월의봄, 2015, 47쪽에서 수정 인용.

151쪽 마르크스에게 보낸 예니의 답장: 같은 책, 53쪽.

176쪽 오수가 인용하는 하이네의 시구: 하인리히 하이네, 『독일. 어느 겨울 동화』, 홍성광 옮김, 연암서가, 2014, 171쪽에서 발췌.

강영숙(소설가)

황여정씨의 『알제리의 유령들』을 가장 잘 설명하는 말은 바로 이 작품 안에서 찾을 수 있다. '모든 이야기에는 사실과 거짓이 섞여 있다.' 그리고 그것이 진실인지 아닌지 궁금해하고 탐구하는 행위만이 진실이다, 라는 표현에 이 소설의 역할이 자리하고 있다고 생각한다. '알제리의 유령들'이란 키워드를 중심으로 환유 계열체처럼 모아놓은 인물들, 에피소드들, 연극 대사들, 그리고 이야기 중간중간의 여러 개의 막간은 금서가 존재했던 시대와 그 시대의 그늘을 너끈히 보여주고도 남는다. 모든 사실과 모든 거짓의 배치와 구성이 공부해서 쓴 것 같은 인위적인 느낌이 아니라 즐기면서 쓴다는 느낌이 강했는데, 자연스러운 호흡과 직관에 의지한 것처럼 보이는 유연한 흐름이 다른 작품들과 크게 다른 점이었다. 독자들은 3부를 좋아할까. 나는 1부가 더 좋았다.

류보선(문학평론가)

『알제리의 유령들』은 소설이라는 제도 혹은 형식의 존재 의미를 성공적으로 증명한 소설이었다. 소설이라는 장르가 실제적이지 않은 허구적 상상물들을 하나의 이야기로 누벼서 상징질서에 가려진 무시무시하고 매혹적인 실재를 보여주는 형식이라고 한다면, 『알제리의 유령들』은 그러한 장르적 특성을 거의 완벽하게 구현했다. 사건이나 인물, 그리고 배경 등 거의 모든 것이 실제를 반영한 것이라기보다는 작가가 발명한 허구적 상상물들로 짜여 있지만, 그것들은 그 어떤 실제적 사건의 연쇄보다 1980년대 이후 한국사회의 예외상태적 상황을 핍진하게 그려낸다. 『알제리의 유령들』은 국가기구에 의해 상시적으로 법의 효력이 정지되곤 했던 1980년대의 예외상태적 상황이 얼마나 지독하게 오늘날 우리의 삶에까지 깊은 영향을 끼치고 있는지를, 그리고 앞으로 그러한 예외상태적 폭력이 반복되지 않게 하려면 우리 모두에게 어떠한 윤리적 결단이 필요한지를 그야말로 소설적으로 보여준다. 이러한 소설적 완결성 외에 『알제리의 유령들』에는 또하나의 문제성이

잠복되어 있는 것처럼 보였다. 『알제리의 유령들』은 거칠게 말하면 뒤늦게 도착한 (80년대에 대한) 후일담 소설이다. 아니, 아니다. 이 소설은 80년대에 대한 후일담 소설의 새로운 탄생을 알리는 소설이라고 해야 할지도 모른다. 90년대의 후일담 소설과 달리 80년대를 간접적으로 경험한 80년대 이후의 세대가 80년대의 예외상태적 역사적 격변을 오늘날의 역사적 기원으로 맥락화하고자 한 소설이라고나 할까. 그런 점에서 『알제리의 유령들』은 일종의 징후적 소설로 읽혔고, 한국소설 전반에 또 한차례의 전신의 계기로 작동할 작품으로 다가왔다.

백지은(문학평론가)

『알제리의 유령들』은 정교하고 흥미롭고 안정적인 픽션이다. 그야말로 '유령'처럼 모호하면서도 위태롭고 또 강렬한 이 소설 속 인물들은 그들 각각의 존재감을 드러내기보다 자기들이 걸쳐져 있는 세계의 분위기를 현시하는 쪽으로 더 공헌한다. 그리하여 사람들을 종으로 횡으로 연결하는 관계들, 그 아슬아슬한 애틋함이 내게는 가장 매력적이었다. 『알제리의 유령들』이라는 가상의 텍스트를 놓아 저 관계들이 시간과 공간에 갇히지 않도록, 과거와 현재, 이곳과 그곳, 연기와 인생, 작위와 역사, 심지어 삶과 죽음의 경계까지 넘나들 수 있도록 서사를 공들여 직조해놓은 것이 큰 장점이라고 생각한다. 연극의 대본이 활용된 만큼 행간이 풍부한 대사와 함의가 넓은 지문들이 조화롭게 시너지를 일으키는 효과는 읽기의 즐거움 대부분을 맡았다. 다시 말하지만 『알제리의 유령들』은 멋지게 짜인 완성도 높은 소설이다.

그런데 이 멋진 소설을 우리는 어쩌다 오늘 읽게 된 것인가. 이제야 읽은 것이 원통하다는 뜻이라기보다, 지금 이것을 읽었다는 사실이 유다른 의미가 될 수 있을지 되묻는 말이겠다. 실은 이 답을 내고 싶어 얼마간 주춤거릴 때 당선자가 본격적으로 소설쓰기를 (재)시도한 기간이 십 년이 훌쩍 넘는다는 얘기가 들려왔다. 특별할 것 없는 얘기 같지만 이 소설이 오늘 우리에게 읽힌 의미가 밝혀진 듯했다. 오늘 읽은 소설에 내일 필요한 의미가 있으리라 기대하는 건 아무래도 '의미주의자'의 태만일지 모른다. 지금 당장 이 소설을 읽지 않는대도 아무 일도 일어나지 않겠지만, 오늘 읽은 이 소설은 십 년이 훌쩍 지난 미래에도 정교하고 흥미롭고 안정적인 소설로 기억될 것이다. 이것을 확신하자 오늘 당선자를 축하하는 마음이 곧바로 내일을 기대하는 마음이 되어버리고, 우리가 이 소설을 오늘 읽은 의미는 이렇게 또 하나 생겨났다.

신형철(문학평론가)

줄거리를 정리하기가 쉽지 않은 소설이지만, 아주 간단히 말해 버리기로 마음먹는다면 '『알제리의 유령들』이라는 희곡의 비밀을 찾아가는 이야기'라고 해도 될 것이다. 그 과정이 네 개의 챕터로 분할돼 있는데 흥미로운 것은 각 챕터가 서로 다른 네 개의 장르라고 해도 될 정도로 나름의 매력을 갖고 있다는 점이다. 1부는 부모 세대의 상처와 고통을 희미하게 내려 받은 자식 세대 남녀의 여백 많은 연애소설처럼 읽히고, 2부는 삶의 의미를 찾고자 하는 청년이 그 해답을 갖고 있다 여겨지는 현자를 찾아가는 성장소설 같은 데가 있으며, 3부는 사실보다 더 사실적인 허구를 구축하고 이를 사실인 것처럼 내세워 독자를 속이되 그 속임을 통해 사실을 넘어서는 진실을 창조하고 있으니 포스트모던하다고 해야 하겠고, 4부는 냉전체제의 어처구니없는 사상통제와 국가폭력이 예술가의 농담에 끔찍한 고문으로 응답한 사례를 폭로하고 있어 또 결이 달라진다. 이 소설이 이런 면모를 모두 갖고 있다면 이 소설은 그중 어느 것도 아닌 그냥 '이 소설'이다. '이 소설'이 내 마음에 들었다는 것은 확실하다. 문장의 물리적 무게가 가벼워서 빨리 잘 읽히고 그래서 소설의 길이가 실제보다 더 짧게 느껴지는데, 문장의 심리적 무게는 가볍지 않아서 작품을 다 읽고 나면 내게 남겨진 이 전언과 감정을 훼손 없이 소중히 보관해야겠다는 생각을 하게 하는, 그런 소설이다.

윤성희(소설가) | 드러낸 것과 드러내지 않는 것

나는 『알제리의 유령들』에 마음이 움직였다. 단순하게 말하자면 이 소설에 마음이 움직인 게 아니라 소설 속 인물들에 마음이 움직인 것이다. 왜 그런 것일까? 이야기란 참 미묘하다. 많은 이야기를 한다 해도 그 인물이 이해되지 않는 경우가 많다. 거꾸로 작가가 별말을 하지 않았는데도 그 인물이 이해되는 경우도 많다. 이해되지 않는 인물들로 이해되는 이야기를 쓰는 작가들도 있다. 나도 소설을 쓰는 사람이지만 아직도 그 문제는 어렵다. 어떻게 하는 건지 솔직히 나도 잘 모르겠다. 드러낸 서사와 드러내지 않는 서사가 조화를 이루어야만 이야기에 틈이 생기는 것이다. 틈이 생겨야 이야기가 여러 겹으로 갈라지고 독자가 이야기를 입체적으로 받아들이며 자기 안에서 재구성하게 되는 것이 아닐까. 『알제리의 유령들』은 그 지점을 잘 포착한 소설이다. 이론적으로 안다 해도 생략의 문장을 소설에서 구현하는 것은 쉬운 일이 아닐 터이다. 그건 하루아침에 이루어진 재능은 아닐 것이다. 이 소설은 두번째 읽을 때 더 좋았다. 처음 읽었을 때 나는 2부 '철수의 이야기'에 약간의 불만이 있었다. 철수가 『알제리의 유령들』이란 희곡을 다시 '현재'로 불러오는 인물이라고 생각했는데, 그 역할을 위해 도구적으로 사용된 것 아닌가 하는 생각이 들었기 때문이다. 즉 철수의 동기를 잘 파악하지 못했고 지나치게 동기라는 개념으로만 인물을 해석하려고도 했다. 하지만 두 번 읽었을 때는 느낌이 좀 달랐다. 이야기의 선명함을 요구하는 것은 이 소설의 매력을 반감시키는 일일 것이다. 이 소설은 부모 세대의 사소한 장난이 그 이후 그들과 남은 이들의 운명을 어떻게 바꾸었는가에 대한 이야기이지만 이렇게 말하면 실은 이 소설에 대해 아무것도 말하지 않은 것과 같다. 예측 가능한 이야기는 하나도 쓰지 않았기 때문이다. 예측 가능한 이야기는 문장 뒤에 숨겨두기 때문이다. 세련되고, 영리하고, 아름다운 소설이었다. 어떤 소설이 좋은 소설입니까? 누가 묻는다면 한두 줄로 답을 하기는 참 어렵다. 하지만 읽고 난 다음 나도 모르게 좋은 소설이네, 라는 말이 나오는 소설들은 많다. 이 소설도 그랬다.

윤이형(소설가)

『알제리의 유령들』은 처음부터 '소설로서 가장 매력적'인 작품이라는 의견에 많은 이들이 동의했다. 무엇 때문이었을까? 분명 단점도 있었는데. 4부로 구성된 이야기가 각기 다른 방향으로 휘어진 파이프들처럼 서로 아주 매끄럽게는 연결되지 않는 감이 있고, 빈 공간이 많아 독자가 채워넣어야 하는 부분이 컸는데도, 나 역시 그렇게 비어 있는 부분들이 이 작품의 '매력'으로 느껴졌다. 개인적으로는 마지막에 모든 사건이 해결되는 방식이 조금 급하고 엉뚱하다고 느껴지기도 했으나, '릴리 뮐러'의 이야기가 갖는 강렬한 힘만으로도 읽어볼 가치가 있다고 생각되었다. 무엇보다, 읽는 내내 나 역시 작품 속 작품으로 등장하는 『알제리의 유령들』과 같은 어떤 전설을, 로망을, 그것을 통한 과거 사람들과의 연대를, 내가 단지 원자화된 개인에 불과한 것이 아님을 증명해주는 어떤 계보를, 그것이 설령 허구이거나 환상일 수 있다 할지라도, 강렬하게 희구하는 사람 중 하나라는 사실을 깨닫게 되었다는 점에서 이 작품을 수상작으로 미는 데 큰 이견이 없었다. 축하와 응원을 보낸다.

은희경(소설가)

예심에서 『알제리의 유령들』을 발견한 뒤부터는 심사가 한결 느긋해졌다. 본심에 올릴 만한 작품을 확보하고 나면 그다음부터는 심사의 기준이 좁혀진다. 그 작품보다 나은지 아닌지를 결정하면 되는 것이다. 『알제리의 유령들』의 매력은 간결하고 정제된 문

장, 개연성 있는 이야기의 연쇄 혹은 세련되고 효율적인 구성, 이
야기 속에 주제를 부조하는 솜씨에 있을 것이다. 작은 얼룩에서
시작해 점점 동심원처럼 번져나가던 이야기가 문득 끊어졌다가
엉뚱한 곳에서 다시 이어지는가 싶더니, 어느 순간 운명을 뒤흔들
었던 시간의 파장 속으로 데려다놓는다. 집요함과 대범함이 느껴
진다.

정용준(소설가)

　이 소설에 대해 말할 수 있게 되어 기쁘다. 응모작들 중에서 가
장 편안하게 읽었던 소설이다. 쉬운 소설이라는 것이 아니라 너무
도 능숙하고 또 잘 쓰여 있어 심사한다는 생각도 없이 그냥 술술
쭉쭉 읽어나갔다. 소설의 미덕을 고루 잘 갖추고 있었는데 뒤로
갈수록 확장되고 강해져서 마침내 소설과 소설을 쓴 작가의 마음
을 받아들일 수 있었다. 이 소설을 당선작으로 뽑자는 결정에 고
개를 끄덕였던 건 독후에 남은 인물에 대한 감정 때문이었다. 인
물들의 심정이나 사연에 공감할 수 있었던 것이다. 소설을 다 읽
고 나자 허구의 인물을 실존하는 존재처럼 느끼고 받아들이는 상
태가 되었다. 그러니까 잘 알지 못했던 지인과 어느 기회에 깊게
대화할 기회를 얻었는데, 대화가 끝나자 그를 마음으로 이해하게

되고 사적으로 친해져 감히 '안다'고 할 수 있는 상태가 된 것처럼 소설 속 인물을 마음으로 받아들이고 있었다.

내가 만난 인물과 그를 통해 느낀 것들을 나 외에 다른 사람들도 경험하면 좋겠다. 이 책이 널리 널리 알려져 많은 독자들과 좋은 만남으로 경험되기를. 이 책을 쓴 작가가 앞으로 이 책보다 더 좋고 더 멋진 소설을 오래오래 써주기를. 축하를 전하고 다시 한번 축하를 전한다.

황종연(문학평론가)

『알제리의 유령들』은 영리한 언어공예가의 작품이다. 눌변은 때때로 수다보다 의미하는 바가 많고, 공백은 때때로 충만보다 더욱 실하고, 반복은 때때로 전진보다 인생의 진상에 가깝다. 이것은 단지 『알제리의 유령들』에 해당되는, 상식에 반하는 언어예술 공식은 아니지만 이 소설의 스타일 속에서 기억할 만한 표현을 얻었다는 것은 분명하다. 독자는 작중의 모든 인물과 사건에 대해 범위가 제한된, 그리고 다른 시각으로 굴절된 정보들을 얻을 뿐이어서 마치 퍼즐 게임을 하듯이 작중 세계를 스스로 구성해야 한다. 이것은 어떤 독자에게 지루한 일일지 모르지만 조금 참을성 있게 추리와 상상을 거듭하다보면 문득 사실과 허구가 꼬리에 꼬리를 물고 이어지는 한 시대의 푸가fuga를 접하게 된다. 야만적인 금압의 시대에 마르크스의 위작僞作에 스스로를 의탁했던 젊은 영혼들이 누린 희열과 고난, 우정과 반목의 이야기가 그것이다. 마르크스가 알제리 요양중에 희곡을 지었다는 허구는 마르크스의 만년의 전기적 사실에 비추어 어느 정도 그럴듯한가, 지난 세대들의 마르크스주의에 대한 열광이 그간의 시대 변화가 가져다준 발견과 각성의 토대 위에서 합리적으로 재현되었는가, 부모가 권위주의적 정치체제하에서 고통을 겪었다는 사실이 지금 젊은이들의 자기 인식에 무슨 의미가 있는가 하는 등등의 물음은 피하기 어렵다. 그럼에도 이것이 응모작 중 비교적 우수한 소설이라는, 더욱이 상당한 저력을 보여준 작품이라는 판단은 흔들리지 않았다. 수상자가 앞으로 더욱 좋은 소설을 쓰리라 믿는다.

걱정 마, 소설이 널 지킬 거야

정용준

믿을 만한 착각

문학동네소설상을 수상한 황여정 작가를 만나러 가는 지하철 안. 무릎 위에 A4 종이에 인쇄된 묵직한 원고를 놓고 그와 함께 나눌 이야기에 대해 상상했다. 만나기 전 미리 알게 된 것들을 생각해봤다. 그가 십 년도 넘게(어쩌면 그보다 오랫동안) 글을 써왔고 수없이 투고했으며 그만큼 떨어졌다는 것. 당선 통보 전화를 걸어 당선자와 이런저런 대화를 나눈 뒤, 편집부 담당자가 심사위원들에게 그가 황석영 작가의 딸이라는 사실을 전했을 때 심사장에 약 이 초간 흐르던 침묵. 놀라워하는 분위기가 감돈 뒤 아, 아! 하…… 하고 터진 각자의 탄성들. 곧바로 나는 육 년 전 어느 날 한국문학 편집자로 자신을 소개하던 황여정씨를 떠올렸다.

아…… 그 사람이었구나.

　이력이 어찌됐든 그는 『알제리의 유령들』로 408명 중 1명이 되었다. 나는 그의 소설을 읽은 몇 안 되는 독자 중 한 명이고 곧 그를 만나게 될 것이다. 약속 장소에 가까워질수록 설명할 수 없는 편안함에 차츰차츰 부담과 걱정으로 혼란스러웠던 마음이 안정되어갔다. 잘 모르는 사람과의 대화다. 그것도 인터뷰를 진행하는 입장에서 먼저 말을 걸고 그에게 다가서야 한다. 그런데 왜인지 모르겠지만 그를 조금은 알 것 같은 기분이 들었다. 왜 이런 생각을 했던 걸까? 소설을 통해 만난 인물의 마음과 그 인물에 대해 써내려간 화자의 마음을 작가의 마음일 것이라고 마음대로 동일시하고 있었기 때문일 것이다. 소설은 뻥인데 그 뻥을 믿다니 바보 같은 착각이다. 하지만 그 착각은 믿을 만하다. 나는 안다. 소설은 허구이지만 소설 속에 녹아든 마음과 생각은 허구가 아니라는 것. 그러니까 소설을 통해 내가 느끼게 된 것이 있다면 그건 분명 작가의 일부분일 것이라는 생각.

　작가를 본 첫인상은 '환하다'는 것이었다. 예전에 만났을 때는 웃는 인상은 아니었던 것 같은데 밝고 명랑하고 미소가 넘치는 얼굴을 하고 있었다. 원래 잘 웃는 사람일 수도 있고 당선된 기쁨에, 그리고 언젠가 받게 될 어마어마한 상금 때문에 절로 기분이 좋았을 수도 있다. 그것이 무슨 이유에서였든 좋은 인상으로 웃는 사람을 만나자 나 역시 절로 얼굴이 환해졌다.

책을 만들고 글을 써왔다

기억나세요? 육 년쯤 된 것 같은데 어느 자리인지는 정확히 기억할 수 없지만 한국문학을 담당하는 편집자로 만난 기억이 있는데요.

그럼요. 기억나죠.

아…… 이런 인연으로 다시 만나니 참 좋네요.

네. 그렇네요. (함께 잠시 웃음)

작가는 출판사에서 과학 서적 편집자로 일하고 있었다. 예전엔 한국문학을 담당했고 그후로도 여러 출판사에서 다양한 책들을 만들어왔다고 했다. 그는 글을 쓰는 아버지와 어머니를 만나 아마도 거의 어쩔 수 없이 책에 둘러싸인 유년기를 보냈을 것이고 자의인지 타의인지 알 수 없으나 국문과에 진학해 이십대에 문학을 읽고 공부했을 것이다. 그리고 책을 만드는 곳에서 또다른 책을 만드는 곳으로 옮겨다니며 지금까지 살아왔다. 그야말로 태어날 때부터 지금까지 책과 문학에서 벗어날 수 없는 삶을 살아왔던 것이다.

지겹고 도망가고 싶어 사직서를 던지고 출판사를 떠났어요. 하지만 결국 다시 그 언저리에 있게 되더군요. 소설도 오랫동안 쓰고 또 써왔지만 늘 떨어지기만 했어요. 진짜 내가 다시는 글 안 쓴다고 작파하고 몇 년간 일부러 책을 읽지도 않고 글을 쓰지도 않았는데 어느새 다시 글을 쓰고 있는 나를 발견하게 됐어요.

갈등과 좌절이 많은, 소위 인물이 고통을 많이 겪는 전개는 결론에 의해 정당화되고 합리화된다. 경우에 따라선 그런 전개가 재미와 의미, 감동의 근거가 되기도 한다. 참으로 뻔하고 상투적인 해석이지만 그럼에도 불구하고 이야기의 결론에 이르러서는 그렇게 받아들일 수밖에 없다. 그런 과정 때문에 이런 결론에 이르렀구나, 라고 너무도 자연스럽게 설득이 되곤 하니까. 그러니까 작가의 삶을 이야기라고 한다면, 그리고 지금이 전개 과정 중에서 중요한 변화의 지점을 통과하는 바로 그 순간이라면 지금까지의 전개는 반드시 필요했던 것 같다. 물론 작가에게 그렇게 말하진 않았다. 화를 내거나 짜증을 낼까봐서. 그런데 마음 깊은 곳에서는 그런 과정들이 지금 이 순간의 장면에 모두 연결되는 필연이었을 것 같다고 말하고 있었다.

한국문학을 담당하던 시절 참 좋았어요. 작가들, 특히 젊은 작가들을 직접 만나 그들의 소설을 깊이 있게 들여다보게 되었고 나중에 한 권의 책이 나오는 과정에 관여하고 참여하게 되니 애정도 생기더군요.

그 경험이 혹시 글쓰기에 도움이 된 것 아닐까요?

글쎄요. 그랬을까요? 잘 모르겠네요. (웃음)

소설이 좋았다

작가는 어릴 때부터 쓰는 걸 좋아했다고 한다. 항상 뭔가를 써 왔다고. 특히 일기와 편지를 쓰는 걸 좋아한다고 했다. 왜 그렇게 쓰기를 좋아하느냐고 물어봤더니 잠깐 생각에 잠겼다가 이렇게 말했다.

마음을 드러내고 싶었어요. 누군가에게 마음을 표현하고 싶어요.

대답을 듣고 아, 하며 수긍하는 동시에 저런 당연한 걸 물어본 내가 바보 같았다. 하지만 바보 같은 질문에 당연한 대답을 듣고 있는 그 마음은 참으로 좋았다. 그렇지. 쓰는 자들은 다 그런 존재들이었지. 뭐 대단한 걸 하겠다는 것이 아니라 그저 마음에 있는 걸 표현하고 싶을 뿐. 누군가에게 전하고 싶을 뿐. 괴로운 건 그것을 잘 표현하지 못하고 잘 전달하지 못하는 내 머리와 손 때문이다. 그럼에도 불구하고 계속 쓰고 고치고 쓰고 고치는 삶. 계속 답장 없는 이에게 일방적인 편지를 써서 보내고 써서 보내는 마음이 쓰는 자들의 가장 강력한 엔진과도 같은 것임을 안다.

쓰고 싶은 마음은 이해하겠는데 왜 소설이었어요?
(그는 잠시 시간을 두고 말을 고른다) 드라마를 쓰려고도 해봤고 희곡을 쓰기도 했지만 다른 무엇보다 소설이 좋았어요. 그 양식. 뭐랄까, 소설적인 형식. 그것이 좋았어요.
왜요?
내 마음대로…… (약간의 탄력을 받아 음성도 커지고 말도 빨라진다) 할 수 있으니까요. 그건 아무도 몰래 혼자서 하는 비밀 작업 같아요.

아무도 몰래 혼자서 하는 비밀 작업. 나도 모르게 고개를 끄덕였다. 나 역시 언젠가 글쓰기가 편지를 싣고 밤바다를 나는 야간비행 같다고 쓴 적이 있다. 깊은 밤 홀로 깨어 노트북 앞에 앉아 쓰는 이런저런 문장들이 얼굴도 모르는 정체불명의 누군가에게 보내는 기이한 편지 같다고 느낄 때가 있다. 그 생각과 느낌이 너무 좋아서 첫 소설집 제목도 '야간비행'이라고 지을 뻔했다. 문득 상상했다. 작가가 그동안 써왔던 수많은 문장들을. 이제 한 장 한 장 차곡차곡 쌓여 세상에 나오게 될 비밀 작업의 결과물들. 아직 『알제리의 유령들』도 책으로 출간되지 않았는데 벌써부터 그의 다른 소설이 읽고 싶어졌다.

알제리의 유령들

『알제리의 유령들』은 어떤 소설인가요?

(한참 뜸을 들이더니 더듬거리며 한 문장씩 말한다) 사랑 이야기죠. 누군가의 첫사랑에 관한 이야기예요. 가족들은 와해되고 상처가 생기고…… 알고 보니 그들이 원하지 않은 사건이 그 중심에 있었던 거고. 음…… 내가 관여되지 않은 사건에 휘말리고…… 흐음.

설명하기 어렵죠?

네.

사실 저도 그 질문이 가장 어렵더군요. '당신의 소설은 어떤 소설인가?'

그런데 왜 이런 질문을 하셨죠?

사람들이 궁금해서 직접 읽어보게 하려고요.

그런다고 읽을까요?

글쎄요. 모르죠.

소설 『알제리의 유령들』 속엔 희곡 『알제리의 유령들』이 있다. 소설에서는 마르크스가 쓴 희곡으로 등장하는데 설정이 워낙 능숙하고 세부적인 이야기까지 감쪽같이 가공해 집어넣은 탓에 소설을 읽다 말고 마르크스가 희곡도 썼나? 검색했을 정도였다. 나중에 심사위원들의 말을 들어보니 나처럼 속아넘어간 사람들이 몇 있었다. 작가는 원래 희곡 쓰는 걸 좋아했는데 최근에 일어난 몇몇 황당하고 어이없는 사건들을 목격하며 부조리한 세계와 위정자들을 비웃고 싶은 마음에 가짜 문서를 두고 진지하게 구는 이야기를 써보고 싶은 마음이 들었다고. 이 소설에서 단연 돋보이며 근사한 부분이라 할 수 있을 것이다. 나는 이 소설이 처음엔 가볍고 자연스러웠고, 나중엔 생각보다 복잡하고 무거운 주제가 담겨 있어 놀랐으며, 마지막엔 인물들의 마음과 감정에 공감하게 됐다. 그래서 쓸쓸하기도 하고 뭔가 따뜻하기도 했다.

걱정 마

작가의 부모는 작가다. 아버지가 황석영 소설가이고 어머니가 홍희담 소설가다. 분명 특이한 이력이고 화제가 될 만하다. 역시 당선 소식과 함께 크게 기사가 났다. 인터뷰를 할 때 부모에 대해 물을지 말지 고민이 많았는데 결국 허심탄회하게 이야기를 꺼냈다. 내 걱정과 달리 작가는 아무렇지도 않게 이야기했다. 부모의 영향력이 부담스럽기보다는 부모가 작가이기 때문에 글쓰는 자신을 훨씬 더 잘 이해해주어서 좋다고 했다.

소식을 전했을 때 아버지 반응은 어땠나요?
너무 놀라셨고 또 기뻐하셨죠. 그러면서 이제 걱정이 안 된다고 하셨어요.
더 걱정이 되는 건 아니고요?
안심이 된다고 하시던데요? 아버지는 항상 저를 걱정했어요. 겉으로 표현은 잘 안 하셨지만 슬쩍슬쩍 걱정을 내비치셨죠. 시집가라고 들볶는 대신 남자를 소개해주는 식으로요. 그런데 제가 소설을 쓴다고 하니까 안심이 되시나봐요. 아마…… 앞으로 힘든 일이 있더라도 소설로 회복할 수 있을 거라고 생각하시는 것 같아요.

나는 이 대목에서 잠시 말을 멈추고 한참 생각했다. 소설로 회복한다는 말이 마음을 사로잡고 놔주지 않았던 것이다. 생각해보니 그랬다. 소설쓰기는 쉽지 않았고, 때론 내가 왜 이걸 시작했나 자괴감도 들었지만 뒤돌아보면 소설은 항상 날 받아줬다. 내 안의 여러 문제들을 소설을 통해 해결하고 극복해왔던 것 같다. 때론 한 편의 글을 쓸 때마다 내 속에 있는 어떤 독이 조금씩 빠져나간다는 기분이 들 때도 있었다. 소설이 내 친구가 되어줬고 때론 상담가 때론 연인이 되어줬다. 때문에 홀로 있어도 오롯이 홀로 있는 것은 아니라는 안심. 선배 소설가이자 아버지만이 해줄 수 있는 진심 어린 덕담이 내게도 힘과 용기를 준 것 같았다.

그렇군요. 당신은 아버지가 작가로 사는 것도 봤고 어떤 이유에서인지 다른 사람의 글도 매만져왔고 이젠 작가의 삶을 살게 됐네요. 당신처럼 소설가의 삶을 다양한 각도에서 관찰하고 경험한 사람이 드물 것 같은데요. 작가의 삶은 어떤 삶인 것 같은가요?
좋은 삶인 것 같아요. 물론 좌절도 있고 슬픔도 있지만 종합적으로 판단해봤을 때 좋은 삶인 것 같아요.
다행이군요. 당신에게도 내게도.

소설이 지켜줄 거야

이 글을 쓰고 있는 지금, 마땅히 물었어야 할 많은 질문이 떠오른다.

앞으로 어떤 작가가 되고 싶나요?

요즘 기분이 어떤가요?

상금 받으면 뭐할 거예요?

그동안 어떤 소설들을 써오셨어요?

하지만 다시 생각해보니 그런 질문은 사실 하나 마나 한 질문이다. 다짐과 상관없이 포부와 상관없이 그는 쓸 것이기 때문이다. 계속 쓸 것이고 더 잘 쓰게 될 것이다. 혹 용기를 잃더라도 불안과 좌절과 의심과 자괴감에 빠져들더라도 소설이 작가를 지켜줄 것이다. 나는 내 책의 '작가의 말'에 이렇게 썼다. '소설이 좋다. 아무 힘도 없는 문장 한 줄과 허구의 이야기가 나를 지키고 보호한다는 환상, 현실에 존재하지 않는 인물이 내 곁에 서서 말을 들어주고 종종 대화도 나눈다고 믿는 망상과 어리석음이 좋다.' 이 문장을 썼던 이유는 진짜로 이 문장을 믿어서가 아니었다. 주문처럼 최면처럼 문장으로 쓰면 실제로 힘이 생길지도 모른다는 생각 때문이었다. 그런데 나는 오늘의 만남으로 내 생각이 허구가 아니라는 걸 깨달았다. 정말 소설엔 그런 힘이 있다. 걱정하지 말도록 하자. 소설이 우리를 지켜줄 테니까.

열두 살 때 첫 소설을 썼습니다. 제목은 '황혼의 아침'. 쌍둥이 자매가 주인공인 추리소설이었습니다. 열두 살 아이가 자기 손으로 제목을 정하고 그 제목으로 글을 쓴 공책을 저는 여전히 가지고 있습니다. 아이가 쓴 글은 하나도 빠짐없이 귀하게 여겨주시고 보관해주신 부모님 덕입니다.

스물네 살 때 소설가가 되어야겠다고 마음먹었습니다. 이후 많은 소설들을 썼고, 많은 공모전에 소설을 냈고, 그런데 매번 떨어졌고, 그래서 내 길이 아닌가보다 생각했습니다. 그러나 끝내 글쓰기는 멈추어지지 않았습니다. 어쩌자고 소설 같은 걸 꿈꾸어 이루지도 못하고 끝내지도 못하는 시간을 보내게 되었나 생각하며 떠나고 돌아오기를 반복했습니다.

그리고 어느 날, 소설쓰기가 더는 저에게 즐거운 일이 아니게 되었다는 걸 알았습니다. 거기엔 다만 황폐한 오기와 초조한 인정 욕구만 남아 있을 뿐이었습니다. 이야기엔 마음이 담기지 않았고, 그러자 이야기는 이어지지 않았습니다. 진짜로 그만두어야 할 때가 온 것이었고, 저는 미련 없이 소설을 버렸습니다. 할 만큼 다 했다고 여겼기 때문에 저는 무척 자유로웠습니다. 소설이 아니라도 즐거운 일은 많았고, 즐거운 일이 없더라도 시간은 잘 갔습니다.

그리고 다시 어느 날, 저도 모르게 첫 문장을 쓰게 되었습니다. 조금씩, 더디게, 이야기가 이어졌습니다. 몇 달씩은 아예 들여다보지 않기도 하고 이미 쓴 장면들을 통째로 지우기도 하면서 계속 이야기를 따라가보았습니다. 도중에 이야기가 멈추면 그대로 그만둘 생각이었는데 시간이 지나도 이야기는 이어졌고, 그러다보니 쓰면서 내내 궁금했던 이야기의 끝도 만날 수 있었습니다. 다쓰고 나서는 처음부터 끝까지 다시 읽어보지 못했습니다. 이야기 밖에서 이야기를 읽으려니 부끄러움과 두려움이 밀려왔습니다. 당선 소식을 듣고서야 다시 읽어볼 용기가 생겼습니다. 용기를 주셔서 감사합니다.

많은 분들이 떠오릅니다. 내가 뭘 하든 어떤 모습이든 언제나 믿어주고 응원해준 나의 가족들. 그들의 딸이고 동생이어서 무척 다행이라고 생각합니다. 그리고 내가 '패밀리'라고 부르는 나의 친구들, 김선제, 진영희, 박효정. 그들과 함께할 수 있어서 내내 행복했고 행복하고 행복할 것입니다. 또한 소설을 다시 쓰게 된데 결정적인 역할을 해준 '연구모임 아래' 식구들도. 그들과의 만남은 제 인생을 가르는 기점이었습니다.

그 외에도 참 많은 분들이 지나갑니다. 모두들 하나같이 자기 일처럼 기뻐해주시고 감격해주셨습니다. 머리 숙여 감사드립니다.

소설가 황여정, 좋은 작가가 되겠습니다.

문학동네 장편소설
알제리의 유령들
ⓒ황여정 2017

1판 1쇄 2017년 12월 13일
1판 3쇄 2019년 12월 26일

지은이 황여정
펴낸이 염현숙
책임편집 정은진 | 편집 김내리 이성근 이상술
디자인 김현우 이원경 | 마케팅 정민호 박보람 나해진 최원석 우상욱
홍보 김희숙 김상만 오혜림 지문희 우상희
제작 강신은 김동욱 임현식 | 제작처 영신사

펴낸곳 (주)문학동네
출판등록 1993년 10월 22일 제406-2003-000045호
주소 10881 경기도 파주시 회동길 210
전자우편 editor@munhak.com | 대표전화 031) 955-8888 | 팩스 031) 955-8855
문의전화 031) 955-3576(마케팅) 031) 955-8864(편집)
문학동네카페 http://cafe.naver.com/mhdn | 트위터 @munhakdongne

ISBN 978-89-546-4934-6 03810

www.munhak.com

문 학 동 네 작 가 상   수 상 작

제1회 나는 나를 파괴할 권리가 있다 김영하
비범하고 충격적인 신예의 탄생을 알린 문제작. 매혹적인 죽음의 미학을 탁월하게 형상화하여 한국 문학의 새로운 장을 열었다.

제1회 식빵 굽는 시간 조경란
식빵 굽는 냄새와 함께 펼쳐지는 서른을 앞둔 여성의 황량한 내면 엿보기. 미혹으로 가득찬 인간관계의 부조리함을 탄탄하고 세련된 문체로 드러낸다.

제2회 마요네즈 전혜성
붕괴해가고 있는 우리 시대 가족의 현주소를 적나라하게 파헤친 문제작. 가족과 모성애, 사랑의 이름으로 희생된 '여자' 어머니에 대한 새로운 발견과 통찰이 빛난다.

제4회 기대어 앉은 오후 이신조
삶의 다의적 진실을 꿰뚫어보는 섬세한 감성, 연민과 관용, 정밀한 심리 묘사 등과 같은 여성적 미학으로 현대사회에서 훼손된 영혼들 사이의 교신을 형상화한다.

제5회 모던보이—망하거나 죽지 않고 살 수 있겠니 이지민
통념을 깨뜨리는 발상과 거침없고 재치 넘치는 표현으로 삶의 권태를 가로지르는 한바탕 백주의 활극.

제6회 동정 없는 세상 박현욱
야하면서도 건전하고 불순하면서도 순수한 젊은 호흡으로 성장 없는 독특한 성장소설, 동정童貞/同情 없는 우리 시대의 뛰어난 우화를 완성해냈다.

제8회 지구영웅전설 박민규
과연 우리의 상상력은 어디까지가 온전히 우리의 것인가. 되묻게 만드는 엉뚱하고 기발하고 유쾌한 만화적 상상력과 독특한 구성력이 돋보인다.

제9회 어느덧 일주일 전수찬
발랄하고 상쾌한, 연상녀+연하남 커플의 유쾌한 일주일. 생을 쿨하게 바라보는 시선, 물 흐르듯 자연스러운 경쾌한 입담. 인물들에 대한 야릇한 호기심이 읽기의 충동을 유지시킨다.

제10회 악어떼가 나왔다 안보윤
날카로운 시선으로 인간 본성의 모순, 우리 사회의 병리적 현상을 풍자하고 조롱해나간다.

제11회 내 머릿속의 개들 이상운
희극적인 상황 설정과 풍자적인 어법에서 시대 상황을 관통해 지나가는 힘이 느껴진다. 적당히 과장된 인물들이 벌이는 한바탕의 소란은 우리 시대의 흥미로운 우화가 되어준다.

제12회 달의 바다 정한아
인물들이 빚어내는 따뜻함이 생에 대한 냉정한 통찰과 어우러져 균형을 이룬다. 아픔을 부드럽게 감싸는 긍정, 가볍게 뒤통수를 치는 듯한 반전의 경쾌함이 돋보인다.

제14회 아무도 편지하지 않다 장은진
여운을 남기는 압축적 구성과 작품 곳곳에 따뜻하게 배어 있는 명징한 유머가 묘한 아픔을 수반하고 있다.

제15회 사라다 햄버튼의 겨울 김유철

관계의 가능성이란 그 불가능성을 받아들이는 것에서부터 시작된다는, 이 역설적 진실은 소박하지만 잔잔한 울림을 남긴다.

제16회 죽을 만큼 아프진 않아 황현진

삶의 진창을 넘어서고자 애쓰는 한 소년의 고독한 성장기를 과장된 상처 없이, 자기연민 없이, 신선한 리듬이 살아 있는 위트 있는 문장으로 이야기한다.

제18회 시간 있으면 나 좀 좋아해줘 홍희정

거침없이 살기에는 너무 거친 이 시대를 자기만의 속도로 살아가는 나이든 소년/소녀들의 자화상. 타인의 고통에 민감하게 반응하고 그것을 따스하게 감싸안는 공감력은 이 소설만의 힘이라 하기에 충분하다.

제20회 그믐, 또는 당신이 세계를 기억하는 방식 장강명

고작 패턴으로 존재하는 인간은 어떻게 그 밖으로 나갈 수 있을까? 이 소설은 시간을 한 방향으로, 단 한 번밖에 체험하지 못하는 인간 존재의 한계를 근본적으로 성찰하고 있다.

문 학 동 네   대 학 소 설 상   수 상 작

제1회 코끼리는 안녕, 이종산

말하지 않은 채로 무엇인가를 강조할 줄 아는 소설. 저 매력적인 대화들은 우리가 아직 잘 모르는 새로운 스타일의 이야기가 시작되고 있는 것이라는 강력한 예감을 갖게 한다.

제1회 아프리카의 뿔 하상훈

탁월한 이야기꾼의 자질이 고스란히 드러난 작품. 치밀하게 자료조사를 하여 소설로 빚기까지의 노고와 작가의 공력이 고스란히 느껴진다.

제2회 브라더 케빈 김수연

읽는 내내 능청스러운 문장에 속수무책이고, 각 장이 매듭지어질 때마다 작은 감탄이 새어나온다. 매력적인 캐릭터 구축 능력, 자기 세대의 문제를 포착하는 시선 모두 남다르다.

제3회 초록 가죽소파 표류기 정지향

이 시대 대학생이 할 법한 고민 대부분을 정교한 플롯과 다양한 에피소드를 통해 매우 설득력 있게 전개한다. 작가가 서사를 장악하고 있기에 가능한 작품이다.

제4회 최선의 삶 임솔아

강렬하고 파괴적인 사건과, 그것을 바라보는 무감한 시선이 섬뜩한 충격을 안겨주는 소설. 불합리와 모순, 그리고 분노를 느끼며 경험하는 잔인한 성장의 일면을 지독히 사실적으로 그려낸다.

제5회 환상통 이희주

'빠순이'의 시선에서 들려주는 아이돌 팬덤에 대한 생생한 증언과, 그 사랑의 특수성에 대한 섬세한 기록을 만날 수 있게 해준다.